KB017708

까칠한
재석이가
소리쳤다

까칠한 재석이가 소리쳤다

고정욱 지음

애플북스

　돈에 관한 관심은 예나 지금이나 변함이 없습니다. 아니 요즘은 더욱 더 심해진 것 같습니다. 세상은 황금만능주의에 빠져 어디에서나 돈 이야기뿐입니다. 작게는 최저임금과 아르바이트 비용부터 크게는 정치인들의 부정부패에까지도 거액의 돈들에 대한 이야기가 끊이지 않습니다.

　이러다 보니 돈을 모으는 것이 인생의 목표가 된 이가 많습니다. 청소년 역시도 큰 돈을 어떻게 해서 벌 수 있나를 고민하고 있습니다. 우리나라에서 출생률이 떨어지는 것도 돈이 없기 때문에 아이를 낳을 수 없다는 이유가 크다고 합니다. 집도 사야 하고 차도 사야 하는데, 아이를 기를 생각을 하니 끔찍하다는 신문 기사를 본 적도 있습니다.

　그러면 과연 청소년기는 투자와 돈 버는 방법을 열심히 배워야 하는 시기일까요? 세계적인 투자 전문가 워런 버핏에게 학생 한 명이 공개적으로 질문했습니다.

　"어떤 주식 불황기에도 선생님은 주식투자를 절묘하게 해서 이익을 보았는데 그것은 놀라운 성과입니다. 선생님은 저에게 어떤 주식을 하나 추천해 줄 수 있습니까?"

　워런 버핏은 웃으며 대답했습니다.

"더 좋은 대답을 해 주겠습니다. 제가 학생이라면 지금은 자신의 삶에 투자할 것입니다. 학생이 변호사나 운동선수나 농부가 되어서 그 능력을 원하는 누군가가 그에 상응하는 비용을 주고 살 수 있게 한다면 그것은 참으로 고귀한 것이니까요. 그 능력은 누구도 빼앗아 갈 수 없으며, 막대한 부를 가져다 줄 가능성이 높습니다. 심지어 세금도 내지 않습니다."

그렇습니다. 청소년기에 뭔가에 투자해 이익을 내야 한다면 바로 자신에게 투자해야 합니다. 자신이 잘하는 것, 취미, 능력을 살리며 꿈을 향해 나아가야 합니다. 최고의 전문가가 되고 그 분야에서 일인자가 되기 위해 노력하다 보면, 그 어떤 재능이라도 세상은 돈을 지불하고 살 것입니다. 학교를 다니고, 학원을 다니고, 다양한 경험을 하는 것도 결국은 나만의 가치, 누구나 돈을 내고 사야 할 나만의 능력을 지니기 위해서입니다.

저는 우리나라에서 가장 책을 많이 낸 작가입니다. 더 이상 낼 책이 없을 것 같고, 출판사가 더 이상 저에게 찾아오지 않을 것 같지만 지금도 계속 출판계약을 하며 500권 출간이라는 목표를 향해 열심히 쓰고 있습니다. 이것은 무슨 뜻일까요?

젊은 시절 나는 돈을 투자한 것이 아니라, 나의 글쓰기 능력, 작가로서의 지식, 훈련, 경험을 많이 쌓았기 때문에 죽을 때까지 그 전문성을 활용해 활동할 수 있습니다. 잊지 마시길 바랍니다. 청소년기는 돈이 아니라 자기 자신을 위해 투자해야 하는 시기라는 걸요. 능력을 갖게 된 다음에 얼마든지 돈을 벌어 원하는 것을 하면 됩니다.

2023년 봄. 북한산 기슭에서 고정욱

차례

돈과 삶

강연을 가보면 학생들로부터 엉뚱한 질문을 가끔 받는다.

"선생님, 연봉이 얼마예요?"

"무슨 차 타세요?"

"사시는 아파트는 몇 평이에요?"

이런 질문을 받으면 주변에 있던 선생님들 얼굴부터 붉어진다. 그럼 나는 미소를 머금고 이 질문의 문제점을 짚어준다.

첫째, 그런 질문들은 모두 사적인 질문이다. 사적인 질문을 공적인 자리에서 하는 것은 옳지 않다. 이건 학생들이 잘못해서가 아니라 잘 모르기 때문이다. 가르쳐주면 된다.

둘째, 모든 질문이 돈과 관계된 것들이다. 세상에 돈이 중요하고 돈이 많으면 행복해 보이지만, 작품을 논하고 인생을 이야기하는 자리에서 엉뚱한 질문을 한 셈이다. 이는 잘못된 것이다.

이런 일을 자주 겪으면서 나는 어린이와 청소년들이 왜 이리 돈에 관심이 많은가를 생각해 보았다.

　돈이라는 게 삶을 편리하게 만드는 도구임은 분명하다. 돈이 없었다면 물건을 들고 다니면서 맞교환을 하거나 아주 불편하게 살아야 했을 것이다.

　그렇지만 돈은 그저 재화의 가치에 대해 약속을 한 종잇조각에 불과하다. 신뢰를 바탕으로 쓰이는 것일 뿐이다. 그런데 왜 다들 돈, 돈 하는 걸까?

　어느새 인간의 삶에서 돈은 모든 가치의 척도가 되었고, 더 나아가 삶의 목표가 되었다. 돈을 많이 벌면 행복해지고 자유로울 것이라고 믿는다. 그러다 보니 꿈을 말하라고 하면 부자가 되겠다든가 건물주가 되겠다는 말을 서슴없이 한다.

　돈이라는 건 잘 쓰면 사람과 사람 사이를 따뜻하게 만들 수 있고, 우리나라 경제에도 도움을 준다. 돈의 가치와 장단점에 대해 깊이 생각할 거리가 많지만 우리 청소년들은 돈에 대해서 제대로 교육받지 못한다. 학교에서 가르치지 않기 때문에, 그리고 부모님도 잘 모르기 때문이다. 내가 아는 J 작가는 우리 기성세대는 부모로부터 투자와 나눔 하는 법을 배우지 못했고, 그래서 우리 역시 청소년들에게 이에 대해 올바른 교육을 하지 못했다고 주장한다.

이 책은 청소년들에게 돈에 대한 올바른 관점을 알려주기 위해 쓰였다. 정말 중요한 것은 나의 삶이다. 돈이 맹목적인 목적이 되어 미래의 나에게 방해가 되어서는 안 된다. 아르바이트나 기타 다른 돈벌이 자체를 목표로 하여 열을 올리기보다는 이러한 경험을 나의 삶과 꿈을 이루는 배움의 수단으로 삼아야 한다. 나는 우리 청소년들이 눈앞의 돈을 좇기보다는, 독서를 하고 공부를 하면서 좋은 친구들을 사귀고 대화 나누고 소통하며 건전하게 하루하루를 보냈으면 좋겠다. 그렇게 올바르게 성장한다면 돈이나 성공의 기회는 자연스럽게 따라온다고 믿는다.

2021년 여름, 북한산 기슭에서
고정욱

전편 줄거리

말보다 주먹이 앞서고 가진 거라곤 큰 덩치와 의리뿐인 황재석. 어린 시절 겪은 가난과 아버지의 부재로 인한 결핍감으로 삐딱한 문제아가 되었으나 멘토인 부라퀴 할아버지와 김태호 선생님의 도움으로 문제아에서 작가 지망생으로 그야말로 환골탈태한 재석은 열심히 책을 읽고 글쓰기 연습을 하며 바쁘게 지낸다. 그런 재석의 옆에는 항상 든든한 친구인 보담, 민성, 향금이 있다.

그러던 어느 날, 민성이 학교 폭력 가해자로 지목된다. 초등학교 동창 자연이 민성에게 왕따와 폭력을 당했다는 글을 SNS에 올린 것이다. 폭로 글에 실명이 거론되지 않았음에도 불구하고 사람들은 용케 민성임을 알아내어 민성의 SNS에 찾아와 비난을 퍼붓는다. 재석과 친구들은 자연에게 진심으로 사과하라고 민성을 독려하는 한편, 자연과 함께 어울리며 가슴의 응어리를 풀어주려 노력하지만 생각처럼 잘되지 않는다. 오히려 자연의 마음속 상처가 생각보다 깊다는 사실을 깨닫는다. 설상가상으로 자연이 여자애들 패거리에게 집단 폭행을 당하고, 그 배후에는 또 다른 동창생인 차일구가 있다는 사실이 드러난다.

한편 재석은 자신이 쓴 소설이 교지에 실리면서 글쓰기 친구이자 스승인 병조와의 관계가 서먹해진다. 진정한 친구란 함께 성장하는 관계라고 생각하는 재석은 얽히고설킨 관계의 실타래를 풀어가기 위해 고군분투한다.

불광천 작은 가게

엄마 가게의 집기를 실은 이삿짐 트럭 두 대는 북악터널을 지나 세검정 쪽으로 달렸다. 1톤짜리 용달차 두 대로 충분한 단출한 이사였다. 앞차에는 엄마가, 뒤차에는 재석과 봉식이 탔다.

"한 20분 더 걸리겠다."

브랜뉴의 매니저로 서울 시내 여기저기를 다녀본 봉식은 손목시계를 힐끗 보더니 말했다. 재석은 메모 수첩에 뭔가를 끄적거렸다. 작가의 꿈을 가진 뒤로 수시로 뭔가 생각이 나거나 기록할 일이 있으면 지체 없이 수첩을 꺼냈다.

이사는 몸살이다.

나무도 옮겨 심으면 한동안 몸살이 난다.

사람이 사는 곳을 바꾸면 감기 몸살처럼 앓을 거다.

몸살은 새로운 삶에 적응하려는 힘겨운 노력인 셈이다.

끊임없이 양분을 끌어모아야 하는.

엄마의 식당은 한동안 제법 장사가 잘되었다. 방송에도 나왔고, 한때는 대기 손님 줄이 식당 건물을 한 바퀴 돌 정도로 길었다. 그러나 불경기가 계속되어 식당을 유지할 수 없게 되었다. 버티는 데에도 한계가 있었다. 엄마는 재석에게 이 문제를 놓고 의견을 물었다.

"재석아, 식당이 어려운데 어떡하지? 아무래도 엄마가 주방에서 일해야 할 것 같아."

재석은 '올 게 왔다' 싶었다. 제 처지에서는 일손을 거드는 것 말고는 달리 할 게 없었다.

"엄마, 그럼 여기 알바는 내가 할게요."

"무슨 소리야, 너는 공부해야지. 어쩌다 일손 급할 때 한 번씩 와서 도와주는 거야 상관없지만, 시간 정해놓고 일하는 건 곤란해. 알바생은 따로 구할게."

그렇게 해서 일하던 아줌마를 내보내고 엄마가 직접 주방을 맡았다. 홀 서빙은 대학생이나 고등학생 알바를 구하려고 했지만 그나마도 쉽지 않았다. 인근 주택들이 헐리고 아파트가 재건축에 들어가면서 거주자들이 줄어든 데다가 임대료도 훌쩍 올랐다.

"임대료가 비싸서 못 견디겠다. 계약 끝나면 월세랑 보증금 다 올려달래."

그러다 차차 엄마의 식당이 유명해지자 인근 가게들도 덩달아 장사가 잘되면서 그 골목은 젊은이들이 자주 오는 명소가 되었다. 조용하던 동네가 갑자기 핫 스폿이 된 거다. 주변에 새로운 가게가 들어오고, 덩달아 싸고 부담 없던 작은 가게들의 임대료도 오르기 시작했다.

골목 상권을 끌어올렸던 엄마의 식당은 정작 이 상황을 견디지 못하게 된 거였다. 엄마는 어디로 옮길까 여기저기 다니면서 오랫동안 알아보았고, 은평구 쪽이 좋다는 결론을 냈다.

"사람 살기도 좋고, 무엇보다 불광천이 있어서 풍광이 정말 좋더라. 천변에 예쁘고 개성 있는 가게들도 많고. 오늘 거기 있는 자리를 보고 왔는데 딱 엄마가 원하던 곳이야."

계약하기 전에 재석은 엄마와 함께 가게 자리를 보고 왔다.

불광천 옆으로 작은 빌라와 다세대주택들이 줄지어 있었고, 1층에는 카페나 식당, 그리고 작은 가게들이 붙어 있었다.

"엄마, 여기는 다정한 사람들이 사는 정겨운 곳 같아요."

"그렇지? 강남의 높은 빌딩과 넓은 도로와 달리 운치가 있어."

봉식도 그 이야기를 듣더니 어느 동네인지 대번에 짐작했다.

"내가 브랜뉴랑 일본에 공연 가면 하천이나 운하 옆으로 가게들이 장사가 잘되더라. 운치가 있잖아. 그래서 커낼로드라고 하지. 거기는 한국판 커낼로드겠네."

"커낼로드? 그런 게 있어요?"

무식을 드러내기 싫어 재석은 아는 척 고개를 끄덕이고 조용히 스마트폰으로 검색해 보았다.

canal

뜻 ① 운하 ② 체내의 관

사흘 전부터 엄마는 가게 문을 닫고 이사를 준비했다. 이사랄 것도 없었다. 식당에 있는 집기는 싹 버리고 예쁘게 만들어놓은 작은 식탁보와 의미 있는 물건들만 챙겨 가는 거라

짐은 단출했다. 가게가 자리를 잘 잡으면 집도 전세 계약을 연장하지 않고 불광천 부근으로 이사 가려는 것이 엄마의 계획이었다.

"자, 내려라. 다 왔다."

작은 트럭 두 대가 선 곳은 불광천변 골목길의 초입에 있는 작은 가게 앞이었다.

"여기에요? 앗, 이건?"

간판을 본 재석은 얼굴이 붉어졌다.

"하하하!"

차에서 내린 봉식이 간판을 힐끗 보더니 크게 웃었다.

"울재석? 하하하! 어머니, 가게 이름 잘 지으셨네요."

"호호, 그렇지? 내가 이 가게 하는 건 재석이 잘되라고 하는 건데 재석이 이름을 따야지."

"엄마! 식당 아니고 울재석? 뭐야?"

엄마는 놀랄 줄 알았다는 듯 차분하게 말했다.

"엄마, 이제 힘들어서 식당일 접기로 했어."

재석은 엄마가 왜 식당 집기를 다 팔아버렸는지 이제 이해가 되었다. 엄마의 체력이 안 되는 거였다.

"그러면 나한테 말해주지."

"엄마가 급하게 마음을 바꿨어. 엄마가 어르신 일자리센터

에서 창업 교육을 받았거든. 엄마가 원래 뜨개질을 좋아했잖
아. 이제 힘 크게 들이지 않고 오래 할 수 있는 일을 해야지."

"울은 뭐야?"

"우리 재석이라는 뜻도 있고, 털실이 울이잖아. 엄마 이제
여기에서 뜨개질 공방을 하려고 해. 사람들에게 털실도 팔
고, 뜨개질도 가르쳐주면서 조용하고 편하게 살 거야."

오래전부터 엄마가 가게 일 마치고 오면 온몸에 파스를 붙
이고 끙끙 앓던 걸 재석은 기억했다. 차라리 잘되었다는 생
각이 들었다.

"그리고 이제 우리 재석이랑 친구들 옷이랑 목도리랑 떠서
선물로 나눠줄 생각이야."

새 가게 이름에 담긴 의미를 듣고 재석은 가슴이 뭉클하면
서도 부담감이 확 밀려왔다.

"나는 그런 거 안 입어도 돼."

그때 봉식이 말했다.

"자, 짐 내리자."

재석은 이곳에서 다시 엄마가 삶의 활기를 찾았으면 좋겠
다는 생각을 했다.

큰 짐부터 용달차 기사님과 재석, 봉식이 안으로 옮겼고,
작은 짐은 엄마가 부지런히 들어 날랐다. 가게 안에서는 이

삿짐이 도착하기를 기다리고 있었는지 청년 하나가 뛰어나왔다.

"어머니, 오셨어요? 안녕하세요?"

재석은 깜짝 놀랐다.

"어, 준오 형?"

아르바이트하면서 열심히 동생 수경이를 먹여 살리던, 바로 그 준오였다.

"형, 어쩐 일이에요?"

"너희 어머니가 이곳으로 이사하신다고 그래서. 내가 이 동네 살잖니. 미리 청소해 드린다고 했지."

재석은 감격했다.

"형, 반갑고 또 고마워요."

"뭘. 내가 도와줘야지."

여러 사람이 달라붙자 가게는 금방 정리되어 갔다. 대충 정리되자 어머니는 휴대용 가스레인지에 라면을 끓였다.

"라면이나 먹자꾸나."

"와, 엄마표 라면이 제일 맛있죠!"

"그래, 엄마만의 특급 레시피로 맛있게 끓여줄게."

엄마는 수프와 면을 따로 끓였다. 면을 국수 건지듯 건져 얼음물에 잠깐 담가 면발을 쫄깃하게 한 다음 따로 끓인 국물을 부어서 주었다.

"우와, 이거 대박 쫄깃해요."

"많이들 먹어."

다섯 봉을 끓였지만 준오와 봉식, 재석은 게 눈 감추듯 먹어치웠다. 감칠맛이 일품이었다. 라면 그릇이 바닥을 보일 즈음, 민성이 도착했다. 민성은 카메라를 들고 찍으면서 들어오고 있었다.

"네, 이곳은 은평구에 새로 오픈한 울재석입니다. 아, 재석 군과 봉식이 형, 어, 그리고 반가운 준오 형이 지금 라면을 먹고 있습니다. 어머니는 저 안에서 가게를 정리하고 계십니다."

보고 있던 재석이 손짓했다.

"왜 이제야 왔어? 일찍 와서 이삿짐 나르는 거 돕기로 해 놓고."

"나오려는데 카메라 장비를 안 챙겼잖아."

"정리 안 돼서 아직 어지러운데 무슨 가게를 찍어?"

"야, 나는 다 계획이 있어. 이 감독님에게 깊은 뜻이 있으니까 떠들지 마라."

카메라를 테이블에 내려놓고 민성도 달려들어서 라면 냄비에 젓가락을 꽂았다. 얼마 남지 않은 라면은 모두 민성의 차지가 됐다. 새로 이사 온 가게가 잘되기를 바라는 마음은 네 사람 모두 같아 다들 표정이 밝았다.

라면을 다 먹고 그릇을 치우자 엄마가 받아서 설거지를 했다. 그때 테이블을 정리하며 준오가 물었다.

"보담이와 향금이는 왜 안 오냐? 너희 단짝이잖아."

"걔네들은 수행평가 준비해야 된대요."

"그렇구나."

개업을 앞둔 울재석의 불은 밤늦게까지 꺼지지 않고 도란도란 이야기와 웃음꽃이 피어났다. 바빴던 봉식이 해체된 브랜뉴 대신 새로운 가수가 올 때까지 일이 없어 쉬고 있으니 이런 호사도 가능한 거였다.

광고 문안

울재석의 목도리는 무엇이 다를까요?

솜씨가 좋아서? 아닙니다.

엄마의 정성이 있기 때문입니다.

공장에서 아무리 물건을 잘 만든다고 해도 그것은 기계가 만드는 공산품

일 뿐입니다.

울재석의 엄마는 직접 뜨개질을 하고 있습니다.

엄마가 짜주는 울재석의 물건은 사랑 가득한 정성입니다.

여기까지 쓰고 나서 재석은 머리를 쥐어뜯었다.

"아, 그 다음에 어떻게 해야 되지? 미치겠네. 뭐라고

쓰지?"

재석은 지금 뜨개질 공방 '울재석'을 홍보하는 동영상 자막을 쓰고 있었다. 1분밖에 안 되는 짧은 동영상에 넣을 자막 쓰는 것이 이렇게 힘든 줄은 미처 몰랐다.

"아, 글 쓰는 건 정말 고통이라더니……."

문득 김태호 선생이 떠올라 바로 문자를 날렸다.

> 선생님, 엄마가 뜨개질 공방을 오픈하셔서
> 홍보 카피를 쓰는 중인데, 너무 힘들어요.
> 엄마의 정성을 콘셉트로 쓰려고 하는데…….

그리고 자신이 쓴 문구도 보냈다. 잠시 후 김태호 선생의 문자가 왔다.

> 어머니께서 가게 옮기면서 업종 바꾸셨구나.
> 축하드린다고 전해라.
> 새로 옮기신 가게에서 대박 나길 기원한다고.
> 언제 한번 나도 방문하마.
> 재석이 네가 잘 도와드려라.

문자를 본 재석은 답답한 마음에 전화를 걸었다.

"선생님, 그게 아니고요. 제가 보낸 문구 좀 봐주세요. 어떻게 이어나가면 좋을까요?"

"이 녀석아, 너는 이미 하산했잖아! 하산한 놈이 왜 자꾸 나한테 물어보는 거야?"

언젠가부터 재석은 자신의 소설을 봐주는 선생님의 지적 사항을 굳이 고치지 않았다. 선생님의 지적도 옳지만 자신의 생각도 틀리지 않다는 생각이었다.

'작가가 꼭 누구에게 지적을 받아야 돼? 그럼 평생 받아야 되잖아.'

재석이 작품을 교지에 발표하거나 문예부 내에서 낭독 대회를 할 때도 자기가 쓴 글 그대로 발표하자 김태호 선생이 한번은 따로 재석을 불렀다.

"재석이 너, 내가 수정하라는 거 안 하냐?"

"선생님이 수정하라는 대로 하면 너무 딱딱해요. 그냥 놔둘래요."

"어쭈, 이 자식 봐라. 허허허!"

김태호 선생은 우선 재석의 등을 두들겼다.

"그래, 원래 글쓰기는 혼자 하는 거지. 언제까지 스승 모시고 하겠어? 마중물을 어느 정도 길어 올린 다음부터는 네 힘으로 온전히 퍼 올리는 거야. 잘했어."

의외로 김태호 선생은 쿨했다. 그 뒤로 재석은 김태호 선생에게 작품을 보여주지 않았다. 나름 성장했다고 생각했다. 그런데 이렇게 안 써본 분야의 글을 쓸 때는 꼭 막혔다.

"아직 하산은 못 해요. 죄송해요. 광고는 안 써봐서요. 알려주세요."

"이 녀석아, 도서관에 가서 광고 문안 쓰기, 카피라이터 되는 법, 뭐 이런 책 좀 읽으면서 공부해."

"그런 책은 이미 옆에 있어요."

재석의 책상 위에는 학교 도서관에서 빌려 온 광고 문안과 신문 문장론 책들이 쌓여 있었다.

"그럼 책 보고 하지 왜 나한테까지 전화했냐?"

"그건 베끼는 거잖아요. 베낄 순 없어요. 우리 엄마 가겐데."

"녀석이 꼴에 독창적인 글을 쓰고 싶어 한다니까, 허허."

선생님은 통화 끝에 말해주었다.

"진실성을 담아라. 손님들이 엄마 공방에 오면 뭘 얻어 갈 수 있을지 생각해 봐. 너희 공방에서 뭘 줄 수 있는지 말야. 그게 진정성 있는 거라면 아마 먹힐 거야."

"그럴까요?"

"요즘 혼자 사는 사람들이 많으니까 진짜 엄마가 떠준다고

생각하고 사러 갔다가 함께 뜨개질하고 소통할 수 있는 사랑
방이 되면 성공 아니겠나?"

순간 재석에게 아이디어가 떠올랐다.

"아, 맞아요. 감사합니다."

"다시는 이런 걸로 전화하지 마라. 인마, 너 혼자 써."

김태호 선생은 재석이 좀 더 강하게 크기를 바랐다. 스스로
문제를 해결해 가는 능력을 지금부터 키우지 않으면 영원히
남에게 의존하기 때문이었다.

한참 뒤 김태호 선생에게서 장문의 문자가 왔다.

재석아,
등단한 작가들 중에 지도 선생님이나 교수님이
대폭 수정해 준 글로 등단하는 사람들이 있어.
그런 사람들은 갑자기 영광을 맛보는데
그 다음 작품을 쓸 때 두려워지지.
선생님이 안 봐주셨는데 내 작품이 괜찮을까?
아, 등단까지 했는데 다음 작품이 졸작이면 어쩌지.
결국은 등단까지 한 제자가
늙은 스승을 찾아가서 원고를 들이밀어.
한 번 두 번 찾아오다 보면 평생을 찾아오고
결국은 자기 작품을 혼자 힘으로
이 세상에 내놓지 못한단다.
남의 밑에서 심부름꾼처럼 일하는 게 굳으면 안 돼.
식당 알바생이 어느 순간
자기 식당을 차리는 것이 정상이야.

재석이 계속 이렇게 민성이 만든 동영상을 틀어놓고 광고 카피를 쓰는 것에는 이유가 있었다. 처음에는 동영상을 아무 생각 없이 그대로 SNS에 올리려고 했다. 그런데 보담이 동영상 담긴 휴대폰을 들여다보다 말했다.

"재석아, 네가 여기에 카피를 붙여서 제대로 된 광고로 한번 만들어봐."

"광고 카피?"

"그래, 여기다 네가 글을 써서 붙여. 너희 엄마 공방을 소개하는 자막을 넣는 거지!"

그러자 향금이 나섰다.

"내가 내레이션 해줄게. 그건 내가 전문이잖아."

갑자기 민성이 흥분했다.

"대박! 오케이, 그럼 난 이제 광고 감독 되는 건가?"

재석은 순간 당황했다. 하지만 보담이 눈을 반짝였다.

"괜찮네. 한번 해보자. 고등학생들이 만든 엄마 가게 광고. 이런 거 좋잖아. 분명히 효과가 있을 거야."

보담에게는 통찰력이 있었다. 갑자기 분위기는 1분짜리 광고를 만들고 자막을 넣은 뒤 향금의 목소리가 들어가는 걸로 흘렀다. 판이 제대로 벌어진 것이다.

민성이 찍은 화면은 이러했다. 밤 깊은 불광천변 작은 가게에서 사람들이 도란도란 이야기 나누는 장면으로 시작되어 점차 공방 안으로 화면이 옮겨가면서 따뜻하고 정감 어린 소박한 인테리어가 보인다. 그리고 엄마가 무릎 담요를 덮고 다른 아줌마들과 함께 차분히 뜨개질하는 장면이 나왔다. 이 장면을 찍기 위해 민성은 두 번이나 가게를 다녀갔다. 민성의 정성을 생각해서라도 광고 동영상을 무시할 수는 없었다.

내일이 동영상에 광고 자막을 얹어놓고 향금이 학교 방송실에서 녹음을 하기로 한 날인데, 재석은 이렇게 글이 막혀 괴로워하고 있었다. 머리를 쥐어뜯으며 재석은 친구들을 생각했다. 엄마가 새롭게 가게를 열었는데 자기 일처럼 나서서 의견을 내주고 도와주는 친구들이 고마웠다. 재석도 친구들을 위해 뭐라도 해주고 싶은 마음이 솟았다.

'광고 만들면 엄마에게 보여드려야 되겠어. 애네 불러다 목도리라도 하나씩 선물하라고 해야지.'

그 생각을 하는 순간 멋진 광고 카피가 떠올랐다.

울재석에는
사랑이 한 코 한 코 이어집니다.
울재석의 모든 것은
엄마의 정성과 사랑으로 엮은 것입니다.

디자인이요?

이야기꽃 속에서 멋진 영감이 절로 떠올라요.

정감 어린 대화로 마음의 위안을 얻을 분,

울재석을 이용해 주세요.

울재석을 모르는 분은 있어도

한번 알게 되면 계속 함께하실 겁니다.

짭짤한 돈벌이

토요일 오후 아이들은 강남역에 모습을 드러냈다. 재석과 민성, 그리고 보담과 향금은 간만에 옷을 차려입고 한 레스토랑을 찾아가는 길이었다. 벌써 세 번째 찾아오는 재석은 길이 익숙했다.

"이러다 이 레스토랑에서 살겠다. 자꾸 오니까 마치 내 레스토랑 같아."

"야, 나는 다섯 번 왔어, 다섯 번."

옆에서 민성이 다섯 손가락을 펴 보였다. 향금이 질세라 끼어들었다.

"우리도 두 번은 왔다, 뭐."

강남의 새로운 레스토랑은 뷔페이면서 서빙을 받을 수 있는 독특한 형식의 식당이었다. 인근이 학원가라서 젊은 학생들이 많이 온다고 했다. 네 아이는 이 레스토랑의 홍보 동영상을 함께 힘을 합쳐 만들었다. 오늘이 마침내 제작 결과물을 보여주고 수정 지시를 받는 날이었다. 문을 열고 들어가자 알바생이 민성을 보더니 낯익다는 듯이 말했다.

"김 감독님, 사장님이 기다리십니다."

감독이라는 말을 듣고 세 아이는 터지려는 웃음을 애써 참았다. 민성은 정말 감독이라도 된 양 의기양양하게 구불구불한 계단을 올라가 한쪽 구석의 대표실 문을 노크했다.

"들어오세요."

문을 여니 향긋한 향기가 감도는 쾌적한 사무실이었다. 네 아이는 들어서며 인사를 했다.

"안녕하세요?"

40대 후반인 레스토랑 사장은 컴퓨터 모니터에 코를 박고 들여다보다 고개를 들었다.

"아, 어서들 와요. 그쪽에 앉아요."

네 아이는 모범생처럼 한쪽의 긴 소파에 나란히 앉았다.

"저, 동영상 보여드리려고 왔습니다. 완성이 됐거든요."

"어, 그래요? 어디 봅시다."

민성이 재빨리 달려가 사장의 컴퓨터에 USB를 꽂고 빔프로젝터를 켰다. 빔프로젝터가 준비될 동안 사장이 물었다.

"그래, 밥은 먹었어요?"

"아, 아뇨."

"그럼 이따 가기 전에 식사들 하고 가요."

"감사합니다."

향금과 보담의 얼굴에 갑자기 행복한 표정이 떠올랐다.

곧이어 빔 영상이 스크린에 비치면서 홍보 동영상이 플레이되었다.

예쁘게 차려입은 향금과 보담이 고객인 듯 식당에 들어가는 장면부터 시작이었다. 두 아이가 들어가 식당 전경을 바라보며 감탄하는 모습이 나오고 이윽고 음악이 깔리면서 재석이 쓴 카피가 나왔다.

젊음은 배고픔입니다.

하지만 이제 참고 견딜 필요가 없습니다.

야미레스토랑이 여러분을 기다리고 있습니다.

각종 음식과 맛있는 음료수가 가득한 이곳,

여러분의 행복 발전소입니다.

맛있는 음식을 고르기만 하면

자리까지 편안하게 가져다주는 이곳이야말로

젊은이들의 핫플입니다.

　아르바이트 대학생들이 고등학생 손님들에게 맛있는 음식을 갖다주는 장면이 연출됐다. 배불리 음식을 먹은 아이들이 모두 만족하며 책을 보거나 게임을 하거나 음료수를 마시는 장면도 무척 그럴싸해 보였다. 당장에라도 달려가 맛있는 음식을 먹으면서 그 대열에 합류하고 싶은 마음을 불러일으켰다. 이런 분위기에서 책을 읽거나 공부하면 지식이 머리에 쏙쏙 박힐 것만 같았다.

　마지막 카피가 울려 퍼졌다. 향금의 목소리였다.

얘들아, 빨리 와!

공부하느라 배고팠지?

　동영상이 끝났다. 1분짜리 짧은 동영상이 꺼지자 아이들은 바짝 긴장했다. 요즘 유행하는 레트로 풍에 10대의 감각을 넣어 톡톡 튀게 만든다고 만들었는데 40대 후반인 사장은 어떻게 받아들일지 알 수 없었다.

"좋은데요? 아주 좋아요. 세련되면서도 나이 든 사람도 이 해할 수 있고, 학생들도 좋아하겠어요."

"고, 고맙습니다."

혹시라도 퇴짜를 맞을까 봐 마음을 졸이고 있던 아이들의 얼굴이 환해졌다. 사장은 웃으며 아이들에게 수고비 봉투를 내밀었다.

"자, 이거 약소하지만 감사의 인사예요."

"고맙습니다."

대표 격인 재석이 봉투를 받았다.

"젊은 학생들이 이런 거 만드니까 너무 좋아요. 나는 고등 학생들이라고 해서 휴대폰 영상이나 좀 하는 줄 알았는데 생 각보다 퀄리티가 높네요."

"네, 민성이가 방송국 피디를 꿈꾸고 있거든요."

"아, 그렇군요. 앞으로 피디 되면 우리 식당 좀 띄워줘요."

"네, 물론이죠!"

아이들을 배웅하며 사장이 한 번 더 말했다.

"내가 매니저한테 말해놨어요. 식사하고 가요."

"감사합니다."

"안 그래도 배가 고팠어요."

네 아이는 하늘을 날듯이 계단을 내려와 갖가지 음식들이 진열되어 있는 곳에 가서 마음껏 지목했다.

"이거, 이거, 이거요."

"네, 가서 앉아계시면 갖다드리겠습니다."

음식을 다 고르자 종업원이 자리로 안내했다. 민성이 자리에 앉자마자 재석에게 물었다.

"야, 얼마 받았냐?"

"얼마 받기로 했는데?"

"30만 원."

재석이 봉투를 열어보았다. 종이 한 장이 먼저 나왔다.

"사장님, 멋있어!"

아이들은 위층의 사장실을 쳐다보며 기뻐했다.

"와우, 40만 원이야."

"30만 원만 줄 줄 알았는데……."

"10만 원이나 더 주신 거야? 보너스로?"

"와, 대박이다! 대박."

아이들은 그 자리에서 10만 원씩 나눠 가졌다. 고등학생이 하는 알바 치고는 고급이었다.

자리에 앉아 음료수를 마시면서 아이들은 레스토랑을 둘러보았다.

"옆의 학원가에서 아이들이 엄청 오는 거 같아."

"가격도 싸니까."

"그래, 정확하게 학생들 욕구에 맞췄어."

"그렇다고 학생들만 오는 게 아니라 저렇게 아줌마들도 와 있잖아."

그랬다. 학원에서 아이들이 공부할 동안 엄마들이 식당에서 기다리고 있었다.

재석은 이곳에 오자 문득 뷔페식당에 아르바이트를 다니며 고생했던 준오가 생각났다.

"향금아, 너 준오 형 기억하지?"

"준오 오빠? 그럼, 기억하지. 어려운 환경에서도 열심히 살던 오빠 아니야?"

"그 형 동생이 수경이라는 앤데, 혹시 요즘 어떻게 지내는지 알아?"

"수경이는 입시 반이 아니라 특기생 반으로 들어갔다는 거 같아."

"그래?"

"응, 걔네 학교는 인문계지만 특기 살려서 바로 취업하려는 아이들 반이 따로 있잖아."

"그랬구나."

유복한 가정에서 태어났다면 준오와 수경은 크게 고생하지 않아도 되었을 것이다. 재석은 가슴이 아팠다.

잠시 후 종업원이 먹을 것을 가져오자 아이들은 신나게 먹고 마시면서 떠들었다.

"야, 이거 동영상 장사 잘되는데 또 연락 오는 데 없냐?"

향금이 신나서 물었다.

"어, 지금 두 군데 식당에서 해달래."

뜨개 공방 울재석을 오픈할 때 찍은 홍보 동영상이 SNS 사회관계망을 타고 돌아다니면서 소문을 일으켰다. 재석과 민성이 만든 동영상이 히트를 친 거였다. 그 동영상을 보고 아이들이 재밌어하자 가게와 식당 여기저기에서 영상을 만들어달라는 주문이 오고 있었다.

"야, 우리 이러다가 사업해야 되는 거 아니야?"

"사업가로 나서자, 나서!"

"그래! 돈을 벌자, 벌어!"

향금과 민성이 맞장구를 쳤다. 옆에 있던 보담도 거들었다.

"우리 할아버지가 그러시는데 청소년들도 벤처기업 만들 수 있대. 할아버지가 공부라는 것도 결국은 세상에 나가서 자신의 능력을 발휘하기 위해서 하는 거니까 기회가 닿으면 일찍 하는 것도 나쁘지 않대. 사업자등록도 할 수 있다고 하셨어."

"와, 우리 그러면 사장님 되는 거야?"

재석의 반응에 민성이 가슴을 쓱 내밀었다.

"야, 내가 사장이지, 네가 사장이냐?"

"너 사장 해라, 나는 회장 할게."

"그럼 난 총장이다."

"뭐? 대학교라도 만들려고?"

두 아이가 티격태격하자 향금이 곁에서 말했다.

"야, 회사부터 차리고 말해. 암튼 돈 많으면 좋겠다. 사고 싶은 거 막 사게."

서빙하는 대학생들을 보자 재석은 다시 준오 생각이 났다.

"저 형들 정말 열심히 일하는 거 같아."

"응, 요즘 어려운 시절이잖아. 알바하지 않으면 학교 다니거나 공부할 수가 없대."

"알바로 큰돈은 벌 수 없을 텐데."

"그러게 말이야."

재석은 다시 한번 준오를 떠올렸다.

학교에 나타난 벤츠

재석은 머릿속에서 새로운 식당 카피를 구상하느라 정신이 없었다. 노원구에 있는 한 식당에서 재석에게 의뢰를 했던 것이다. 의뢰자는 목소리가 순한 50대의 아주머니였다.

"재석 학생이지요?"

"네."

"우리 식당이 새롭게 재오픈을 해요. 홍보 동영상을 잘 찍는다고 해서 부탁을 하려고요. 우리 막내아들이 계속 추천하더라고요. 학생들 사이에서 동영상이 인기 좋다고. 우리 식당도 찍어줄 수 있어요?"

“물론이죠. 감사합니다.”

“우리 식당은 특성이 있어요. 이곳에 장애인들이 많이 살아서 장애인이 접근하기가 좋거든요. 화장실도 두 개를 합쳐서 장애인용으로 크게 만들고, 식당 입구에는 휠체어를 위한 경사로가 있답니다.”

“아, 그렇군요.”

갑자기 재석은 부라퀴가 생각났다.

“저도 모시고 갈 할아버지가 한 분 계세요.”

“아, 장애인이신가 봐요?”

“네, 맞습니다. 전동 휠체어를 타셔야 하는데 편의시설이 잘되어 있으면 모시고 가고 싶어요.”

“꼭 모시고 오세요.”

그렇게 해서 재석은 민성과 함께 노원구에 있는 그 식당을 답사했다. 아파트 상가에 있는 보통 크기의 식당이었는데 놀랍게도 장애인이 들어오기 편하게 시설을 갖추고 있었다. 식당 주인의 남편이 장애인이었는데 일찍 돌아가셨고, 남편을 그리워하는 마음으로 이렇게 온 가족이 장애가 있건 없건 누구나 편하게 이용할 수 있는 식당을 만들기로 계획했다는 이야기를 듣고 감동을 받았다.

하지만 식당과 장애인을 연결하는 문구를 쓰는 건 여간 어렵지 않았다. 재석은 학교로 걸어가면서 내내 머릿속으로 카피를 어떻게 쓸지 구상했다.

'장애인도 사람입니다. 아니, 아니야. 식당에 사람이 무슨 상관이야? 맛있는 음식은 장애인들도 좋아합니다. 아, 이것도 이상해.'

그때였다. 뒤에서 자동차 경적 소리가 울렸다. 평소 듣지 못했던 중후한 소리였다. 고개를 돌려 보니 시커먼 벤츠가 뒤에서 굴러오고 있는 것이 아닌가. 재석은 생각에 빠져 어느새 자기도 모르게 길 한가운데를 걷고 있음을 깨달았다.

황급히 길옆으로 붙어 섰다. 벤츠는 학생들 사이를 뚫고 교문 안으로 유유히 들어갔다.

"누가 저렇게 좋은 차를 타고 오지?"

"와우! S클래스야."

아이들은 벤츠를 보며 수군댔다.

"진짜 멋진 차다."

"우와, 저거 1억이 넘어."

아이들이 벤츠 얘기에 열을 올리는 동안에도 재석은 다시 광고 카피에 빠져 교실로 들어갔다. 칠판에 '1교시 자습'이라고 크게 쓰여 있었다. 과학 선생님이 갑자기 어지럼증이 생겨 병원에 가는 바람에 자습을 하게 되었다고 했다. 교감 선생님이 들어와 아이들을 자습시키고 책을 읽게 했지만, 아이들 대부분은 '기회는 이때'라는 듯 책상 위에 엎어져 잤다. 오히려 매일 수업 시간에 자던 녀석들이 자습이라니까 깨서 옆자리의 아이들과 소곤대며 이야기를 나누거나 장난치거나 키득대고 있었다.

"얘들아, 조용히! 정숙을 유지하자."

사람 좋은 교감 선생님이 빙긋이 웃으며 말했다. 그때 교실 문이 열리면서 특수학급에 가 있던 대현이가 워커를 짚고 휘청휘청 교실로 들어왔다. 대현이는 지체장애인이었다. 공부도 제법 하고 책도 잘 읽는 친구였다. 일반 수업은 다 교실에서 다른 아이들과 같이 듣고, 체육이나 활동하는 수업이 있을 때는 특수반에 가서 따로 공부하고 왔다. 오늘은 1교시 전에 잠깐 특수반에 들렀다 온 모양이었다. 대현이 뒤에 있는 키가 크고 덩치가 좋은 사회복무요원이 대현이를 부축하여 데리고 들어와 자리에 앉혔다. 장애 학생 학습 도우미 진식이었다.

대현이가 자리에 앉자 가방에서 책을 꺼내 읽는 것까지 도와주고 진식은 다시 교실 문을 닫고 특수반으로 돌아갔다. 민성이는 패드를 꺼내서 찍었던 동영상을 편집하고 있었다. 재석은 대현이를 보자 문득 카피의 첫마디가 떠올랐다.

식당은 사랑이 넘치는 곳입니다.

그 사랑은 우리 모두에게 필요한 것이지요.

장애인도 예외는 아닙니다.

편안하게 와서 맛있는 음식을 먹을 권리가 있습니다.

에덴식당,

사랑이 넘치는 식당입니다.

대충 아이디어가 떠올랐다.

'오예, 이걸로 쓰면 되겠다.'

재석은 계속 글을 고치고 말을 다듬었다. 라임을 맞춰보기도 하고 글자 수를 조절하기도 했다. 재석은 이렇게 쓴 글을 수정하고 첨삭할 때가 제일 행복했다. 며칠만 더 다듬으면 멋진 광고 카피가 나올 것 같았다.

그날 재석이 학교가 끝나고 집으로 가는데 주차장에 서 있는 벤츠가 다시 눈에 띄었다.

"와, 벤츠! 누가 우리 학교에 벤츠를 타고 오셨나? 선생님이 타고 왔을까?"

옆에 있던 민성이 고개를 절레절레 흔들며 물었다.

"재석아, 너 벤츠 차주가 누군지 알아?"

"누군데?"

"아까 대현이 데리고 우리 교실에 온 사회복무요원 진식이 형.”

“뭐? 사회복무요원이 벤츠를 타고 와?”

“그렇다니까. 선생들도 깜짝 놀라셨대. 벌써 저걸로 출근한 지 며칠 됐어.”

“와, 뭐 해서 돈 벌었대?”

“몰라. 아빠가 건물주인가 보지.”

이야기를 듣던 아이들은 킥킥댔다. 부러움의 표현인지는 알 수 없었다. 사회복무요원이 벤츠를 타지 말라는 법은 없으니 그다지 신기할 것은 없었다. 재석은 사람마다 사정이 다르니 그럴 수도 있을 거라 생각했다.

수경이 좀 도와줘

"엄마, 주먹밥 맛있어요. 하나만 더 해주세요."

"그래, 알았다."

울재석에 모인 재석의 친구들은 엄마가 옆의 간이 주방에서 만들어준 주먹밥으로 식사를 하고 있었다.

오늘은 토요일 오후. 아이들은 새로운 사업에 대해 논의하려고 이곳에 모였다. 여기저기에서 홍보 동영상을 만들어달라거나 카피를 써달라는 주문이 적잖게 들어왔기 때문이다. 네 아이는 공부에 방해가 되지 않는 한에서 그런 일들을 조금씩 해주기로 했다.

장애인들이 편안하게 이용할 수 있는 식당의 카피를 써준 뒤에 재석은 엄마에게 말했다.

"엄마, 우리 가게도 친장애인적으로 만들어요. 장애인도 뜨개질 배우러 올 수 있잖아요."

"장애인들은 외출을 잘 안 하는 것 같던데?"

"그건 장애인이 외출할 일이 없어서가 아니라 다니기 불편해서래요. 우리나라에 공식적으로 250만 명이 넘는 장애인이 있대요. 편의시설만 잘돼 있다면 장애인들이 안 다닐 이유가 없어요. 장애인을 위한 경사로가 있어야 하고, 휠체어나 보호자가 필요한 경우가 있으니 화장실도 넓어야 하는데, 우리 가게는 화장실을 넓히긴 어렵겠고 경사로만이라도 만들면 안 돼요?"

울재석이 세 든 건물은 오래돼서 화장실이 건물 뒤편 계단으로 반 층 정도 올라가야 있었다. 화장실을 넓히는 것은 구조상 힘들지만 장애인이 접근할 수 있도록 입구를 다듬는 것은 가능했다.

며칠 뒤 엄마는 인테리어 업체에 이야기해서 계단 한쪽에 휠체어 경사로를 설치했다. 그걸 보고 재석은 흐뭇했다.

"엄마, 이제 우리 가게에 부라퀴 할아버지도 오실 수 있겠어요."

"그래, 꼭 어르신 한번 모시자. 정성껏 대접 좀 하게."

"보담이에게 와서 보라고 할게요. 할아버지 휠체어를 많이 밀어봐서 잘 알 거예요. 제대로 만들어진 건지 아닌지."

이 역시 오늘 여기에서 모인 목적 가운데 하나였다. 보담은 휠체어 경사로를 보더니 바로 엄지손가락을 추켜세웠다.

"우리 할아버지도 휠체어로 오실 수 있겠어. 경사가 완만하게 잘되었네. 장애인 한 사람이 오면 그 가족이나 친구들까지 몰려오기 때문에 장애인이 편한 가게가 되면 오히려 장사가 더 잘될지도 몰라."

"경사로 만든 뒤로 장애인이 벌써 몇 명 왔다 갔대. 옆에 있는 복지관에서 장애인들이 뜨개질 배우러 오는가 봐."

"너희 엄마가 참 좋은 일 하셨다."

재석은 문득 진식 생각이 났다.

"우리 학교에는 진식이 형이라고 사회복무요원이 있는데 장애인 친구를 참 잘 도와줘."

그러자 민성이 자기도 안다는 듯 맞장구를 쳤다.

"아, 그 아저씨! 아니, 그 형. 말수는 적은데 아이들이랑 은근히 친하게 지내고 장애인 친구를 엄청 잘 도와주더라."

그러자 보담이 고개를 갸웃했다.

"뭐 하다가 군대를 늦게 가셨지?"

아이들은 저마다 상상의 나래를 펼쳤다.

"해외에 유학 갔다가 돌아온 거 아닐까?"

민성이 추측해 말했다. 재석은 심드렁하게 대꾸했다.

"글쎄. 그건 그렇고, 요즘 고등학생들은 우리처럼 돈 번다고 난리야. 재현이는 게임 회사 다니고 있잖아, 인턴으로."

"내가 아는 애들도 인터넷 쇼핑몰 창업해서 돈 많이 벌고 있어."

"쇼핑몰뿐이냐? 알바로 돈 잘 버는 애도 있고 다양해. 우리는 이렇게 동영상으로 돈 벌고 있잖아."

"그래도 어려서부터 알바하면서 돈 버는 사람 중 최고는 준오 형이지. 고생 많이 했잖아."

"맞아. 준오 형은 정말 고생 많았지."

"그래서인지 일도 정말 잘해. 우리 가게 이사 날에도 먼저 와서 청소하고 있더라고."

준오는 그날 한 번 공방에 온 뒤 다시는 방문하지 못하고 있었다.

"준오 오빠, 취직할 때 안 됐나?"

향금이 고개를 꼬며 물었다. 재석이 대답하며 물었다.

"아직 대학 졸업 안 했어. 마지막 학기 남겨놓고 휴학했다나 봐. 아참, 수경이는 어떻게 됐냐? 잘 알잖아?"

수경이 이야기가 나오자 향금이 사정을 좀 아는 듯 설명을 했다.

"수경이? 수경이도 요즘 맘잡고 알바한댔어. 학교 끝나면 바로 강남에 있는 식당으로 알바하러 가더라고. 돈을 벌어야 한다면서. 그런데 알바하는 곳에서 돈을 잘 안 주나 봐."

"뭐, 돈을 안 줘? 말도 안 돼!"

순간 재석의 신경이 날카롭게 반응했다. 청소년이라고 얕보고 임금을 가로채거나 갑질하는 걸 재석은 참지 못했다. 타고난 정의로운 유전자 때문이었다.

"그게 무슨 소리야? 당장 전화해 봐야겠어, 준오 형한테."

재석은 즉시 전화를 걸었다. 다행히 준오와 바로 연결이 되었다. 의례적인 인사를 나누고 재석은 바로 본론으로 들어갔다.

"형, 수경이가 알바하는 곳에서 갑질당해요?"

"어, 어떻게 알았냐?"

"향금이한테 들었어요."

"안 그래도 지금 수경이가 집에 와서 분하다고 울다가 화냈다가 난리다. 이야기 들어보니까 좀 답답한데, 나는 내일도 출근해야 해서 수경이 문제를 해결해 줄 수가 없네."

"출근이요? 형, 취직했어요? 아, 그래도 내일은 일요일이잖아요? 일요일도 일해요?"

"응. 돈 더 벌려면 할 수 없지. 사장님이 수당 더 챙겨준다고 하셨거든."

"무슨 일 하는데요?"

"그건 나중에 말해줄게. 그보다 우리 수경이 좀 도와줄 수 있을까?"

네 아이 얼굴이 순간 굳어졌다. 잘 지내는 줄 알았던 수경이에게 문제가 생겨서 도와줘야 하리라고는 꿈에도 생각지 못했던 것이다.

엄마의 포옹

그다음 토요일 오후, 수경이가 재석이 일행이 기다리고 있는 울재석에 들어섰다. 마침 엄마는 뜨개질 강습이 있다고 가게 한쪽에 마련해 놓은 작은 강의실에 들어가 있었다. 수강생은 동네에서 온 두 명의 젊은 주부가 전부였다.

"아, 안녕?"

어색한 얼굴로 수경이 아이들에게 눈인사를 건넸다.

"응, 으응."

수경이를 보고 네 아이는 일제히 놀랐다. 화장을 진하게 하고 머리부터 발끝까지 온통 꾸며 사복만 입었으면 20대의 아가씨처럼 보이게 하고 다니던 수경이가 아니었다. 과거 아이들 몰고 다니던 카리스마 넘치던 모습은 간데없고 기가 좀 죽어 있었다.

"수경아, 이리 앉아."

역시 이럴 때는 여자애들이 빨랐다. 보담이와 향금이가 다가가 양쪽에서 팔짱을 끼고 따뜻하게 맞았다.

"반가워. 이리 와서 앉아."

"어, 보담아, 향금아, 고마워."

마치 면접 보러 온 아이처럼 수경이 주저주저 앉았다. 잠시 어색한 공기가 흘렀다. 엽렵한 향금이 재빨리 일어났다.

"커피 한잔 마실래?"

울재석에는 엄마가 손님들과 함께 쓰는 커피포트가 항상 뜨거운 물을 끌어안고 대기 중이었다. 향금은 솜씨 좋게 믹스커피를 타서 내밀었다. 커피를 받아 들자 약간 긴장이 풀렸는지 수경이가 고개를 들어 아이들과 눈을 마주쳤다.

"잘들 있었어?"

"응, 우리는 늘 그렇지. 너는?"

"음, 나도 잘 있었다고 말하고 싶지만……."

수경이 갑자기 울컥해서 말끝을 흐렸다. 생각만으로도 감정이 격해지는 모양이었다. 일진으로 기세등등하던 수경이 힘없이 울먹이는 모습을 보자 재석도 가슴이 아팠다.

"왜 그래? 말해봐."

한참 감정을 추스르던 수경이 결심이라도 한 듯 입을 열었다.

"세상이 이렇게 무서울지 몰랐어."

수경은 감정을 삭이며 그간의 사연을 말했다.

공부와 아르바이트로 바빴지만, 준오는 시간만 나면 하나뿐인 여동생 수경에게 자기 계발서를 권하고, 이야기를 많이 나누려고 노력했다. 처음엔 데면데면했지만 수경은 오빠가 자신을 위해서 고생하고 희생하는 모습을 보면서 조금씩 마음을 열었다. 재석과의 인연도 수경에게 좋은 영향을 많이 주었다. 그래서 마침내 수경이는 완전히 다른 사람으로 바뀌었다.

"수경아, 지금은 철없는 짓 하고 다니지만 결국 세상은 너 같은 아이들이 이끄는 게 아니야. 보담이나 향금이, 재석이나 민성이처럼 자기의 꿈을 향해 움직이는 아이들이 이끄는 거라고."

"오빠, 모든 애들이 세상을 이끌어야 해? 난 평범하게 살고 싶다고!"

"평범하게 사는 것도 어려워. 공부 안 하고 나쁜 길로 갔던 오빠 친구들 중 대부분은 군대 갔다 와서도 계속 헤매더라. 뭘 하고 살아야 하는지도 모르고. 너도 꿈이나 목표를 생각해 봐. 앞으로 어떻게 살고 싶은지, 대학 진학은 하고 싶은지 말야."

"그깟 대학, 가면 되잖아?"

"이 녀석아, 고등학교도 제대로 졸업 못 하고 어떻게 대학을 가? 게다가 대학을 나와도 취직하기 힘든 세상이야."

"……."

진심 어린 준오의 충고에 수경은 깨달은 바가 있어서 학교 진로 선생님을 찾아가서 상담을 해보았다. 수경은 진로 선생님에게 돈이 필요하다고 솔직하게 말했다.

"선생님, 저 돈 벌고 싶어요. 오빠가 너무 고생해요. 돈 때문에 우리 남매 사이가 이렇게 된 거예요."

"그래, 누구에게나 돈은 필요하지. 수경아, 사람은 그래서 먹고살 기술을 하나쯤 가져야 한단다. 나만의 기술만 있으면 든든하거든."

그 얘기는 수경에게 더 큰 깨달음을 주었다.

"샘 말씀이 맞는 것 같아요. 이 세상에 기술 아닌 게 없네요."

"그래, 네가 좋아하는 기술, 네가 남에게 기쁨을 줄 수 있는 기술을 찾아보렴."

수경은 평소 좋아하던 요리에 관심을 두었다. 인터넷에서 요리 강습을 듣고 유튜브의 요리 동영상을 보고 따라 하면서 결심했다. 아르바이트를 하며 직접 현장에서 기술을 익히기로 했다. 그렇게 해서 가게 된 곳이 강남에 있는 식당이었다.

식당 사장은 시원시원한 성격에 요리사가 꿈이라는 수경을 마음에 들어 했다.

"수경 학생은 나랑 함께 홀 서빙을 맡아서 해줘. 나중에 일이 좀 익으면 주방에서 보조하면서 요리도 배우게 해줄게."

"정말요? 알겠습니다!"

식사 때가 되면 수경이 혼자 감당할 수 없을 정도로 손님이 쏟아졌기에 사장이 함께 홀 서빙을 해주었다. 사장의 아내는 자격증도 있는 요리사여서 주방을 담당했다. '페달의 민족'이나 '꼬끼오' 등의 음식 배달 앱 오토바이 라이더까지 드나드는 제법 잘 돌아가는 식당이어서 수경은 처음 한두 달 아르바이트 비용은 주급으로 잘 받았다.

그런데 문제가 발생했다. 주방 보조가 어느 날 사장 아내와 대판 싸우고는 그 자리에서 앞치마를 벗어 던지고 나가버린 것이다. 한 사람이 빠지자 식당은 순식간에 마비될 지경으로 바빠졌다. 격분한 사장은 다음 날 수경을 불러 말했다.

"수경아, 아무래도 내가 주방에서 아내를 보조해야 될 것 같아. 당분간 수경이 혼자 홀 좀 감당해 줘. 배달 앱도 관리 좀 해주고."

"어, 저 혼자서요? 그건 좀 어려울 텐데요."

"내가 도와줄게. 주방 보조 뽑을 때까지만 고생해 줘. 대신 알바비를 좀 더 올려줄게."

그렇다면 얘기가 달랐다. 수경에겐 요리학원 다닐 등록금이 필요했다. 어차피 돈 벌려고 하는 알바, 조금 더 벌 수 있다면 힘들더라도 당분간 견뎌보자 싶었다.

"그럼 해볼게요. 대신 사장님이 많이 도와주셔야 해요!"

"그럼, 당연히 도와줘야지."

그렇게 해서 수경은 보수를 시간당 최저 시급보다 조금 더 받기로 약속하고 혼자 홀을 책임지기로 했다. 사장은 홀을 수경에게 넘기고 주방으로 들어가 버렸다.

수경은 홀 서빙을 열심히 했다. 요리사가 되기 전에 잠시 경험하자는 마음으로 시작한 아르바이트이지만 점점 요령도 생기고 실력도 늘었다. 혼자 두 사람 몫을 거뜬히 해낼 정도였다. 게다가 주방에서 사장이 나오질 않으니 각종 쓰레기 수거라든가 청소까지도 수경이 도맡아 했다.

　잠시도 쉴 짬이 안 나 몸이 부서질 것처럼 힘들었지만, 꿈을 이루려면 이쯤은 견뎌야 한다고 여겼다. 오빠가 준 자기계발서에도 그런 이야기들이 많았다.

　　고난은 사람을 성장하게 한다.
　　강한 자가 살아남는 것이 아니라 살아남은 자가 강하다.

　돈 벌어서 오빠에게 신세지지 않고 자신의 힘으로 요리학원도 다니고, 나중에 대학교까지 갈 생각에 수경은 마음이 한껏 부풀어 있었다.

　"그런데 돈을 안 준 거야?"

　수경의 이야기를 듣다가 민성이 물었다.

　"응. 사장이 약속을 안 지켜. 몇 달째 임금을 안 주는 거야."

　"정말이야?"

　아이들이 모두 기함했다.

　"돈 달라고 얘기할 때마다 사장은 내가 배달 주문을 잘못 받아서 손해를 봤네, 쓰레기 분리수거를 엉터리로 했네, 하면서 자꾸 꼬투리 잡고 뒤로 빠지는 거야. 배달 주문 건은 고객이 착각한 거였고, 분리수거도 내가 한 일이 아니었다고 아무리 설명해도 들으려고 하지도 않고 무조건 내 탓만 해."

"그런 날도둑 같은 놈이 다 있어!"

"식당에 일하러 가는 게 전에는 즐거웠는데 이제는 괴로워."

"당장 때려치워. 고용노동부에 신고하고."

수경의 얘기에 향금이 화가 나서 소리쳤다.

"그게 말처럼 그렇게 쉬운 문제가 아니야."

수경이 입술을 깨물며 중얼거렸다. 학교에서는 주먹을 휘두르며 폭력을 가하던 아이가 사회의 폭력에는 이렇게 무방비로 당하고 있는 것이다.

"밀린 돈이 얼만데?"

향금이 조심스럽게 물었다.

"100만 원 좀 넘어. 사장은 돈도 못 주고 날 잘라버리겠대. 너무 억울하고 속상한데 해결할 방법이 없을까?"

수경의 이야기를 들은 아이들의 가슴 속에서 뜨거운 울분이 일어났다. 과거에는 친구들을 괴롭히고 못되게 군 수경이지만 이렇게 도움을 청하는데 그냥 넘어갈 수는 없었다. 재석은 이 일을 그대로 두고 볼 수 없다고 생각했다.

"알았어, 수경아. 우리가 해결 방법을 찾아볼게."

그때 수업이 끝났는지 엄마가 강의실 문을 열고 나오다 수경을 보았다.

"어머, 네가 준오 동생이구나!"

"네, 안녕하세요?"

"오빠랑 완전 판박이네. 어서 와라, 어서 와. 울재석에 온 걸 환영한다."

재석의 엄마는 수경이 사정을 어렴풋이 눈치채고 부러 밝게 인사했다.

수강생들을 보내고 엄마가 아이들에게 자초지종을 듣더니 그대로 일어나 말없이 수경을 꼭 안아주었다. 수경은 어깨를 들썩이며 애써 참았던 눈물을 흘렸다.

"그래그래, 고생이 많지?"

재석이 엄마 품에 안긴 채 훌쩍이는 수경을 보는 네 아이들의 눈시울이 뜨거워졌다.

악덕 사장

"재석아, 날씨가 차다. 엄마가 뜬 거 한번 입어봐."

토요일 오후, 재석이 막 집을 나서려는데 엄마가 얇은 실로 짠 아이보리색 스웨터 하나를 내밀었다. 재석은 순간 멈칫했다.

"엄마, 색이 너무 튀는데?"

"입어보면 생각보다 괜찮을 거야. 네 치수에 꼭 맞췄으니까 입어봐."

계속 거절할 수 없어 재석은 점퍼 안에 입은 후드티를 벗고 엄마가 건네는 스웨터를 받아 들었다. 입고 보니 몸에 잘 맞으면서도 가볍고 색상도 잘 어울렸다. 상체를 감싸는 온기가 금세 마음을 편안하게 해주었다.

"오, 딱 맞아. 엄마 뜨개질 솜씨가 보통이 아니시네요."

아들의 칭찬에 엄마 얼굴에 웃음기가 번졌다.

"한번 움직여 봐. 괜찮니?"

"아주 편합니다."

"날 쌀쌀하니까 입고 다녀."

"네, 엄마. 고마워요."

사실 티셔츠나 후드티가 편했지만, 재석은 엄마의 정성을 생각해서 스웨터를 받쳐 입고 집을 나섰다. 오늘은 친구들과 만나서 수경의 알바비를 떼먹은 악덕 사장의 가게를 찾아가기로 약속한 날이었다.

재석은 황급히 불광천으로 발걸음을 옮겼다. 민성과 전철역에서 만나기로 했는데 스웨터를 갈아입느라 시간이 약간 지체된 터라 지름길로 가야 했다. 불광천을 따라 걷다가 무지개다리 아래에 있는 징검다리를 건너면 바로 전철역이었다.

재석은 천변을 평화롭게 걸으며 운동하는 사람들 틈에 묻혔다. 개천에서는 청둥오리들이 자유롭게 헤엄치고 왜가리가 물에 발을 담근 채 유유히 노닐고 있었다. 생태하천의 모습을 그대로 보여주는 불광천이 가까이 있음에 감사하며, 재석은 무지개다리까지 와서 징검다리를 건넜다.

"재석아, 여기야!"

개천 앞 횡단보도에 서자, 건너편 역 입구에서 민성이 먼저 알아보고 손을 깃발처럼 흔들었다. 향금과 보담은 강남역에서 만나기로 했다. 민성과 함께 전철을 타고 가면서 이런저런 이야기를 나눴다.

"야, 스웨터 어디서 났냐? 멋진데!"

"엄마가 떠주신 거야."

"멋있다! 나도 하나 떠주시면 좋겠는데."

"안 그래도 엄마가 네 것도 뜨는 거 같더라."

"어, 정말? 역시 어머니가 최고야. 내가 가서 만드시는 거 촬영해야 되는데. 아, 오늘 갔다 와서 바로 촬영해야겠다."

녀석은 무조건 촬영으로 모든 보답을 하려고 했다. 흔들리는 전동차 안에서 재석은 오늘의 전략을 세웠다.

"일단 사장한테 가서 좋게 얘기해 보자. 대화로 해결하는 게 최선이야."

"안 들어줄 텐데?"

"그러면 다음 단계로 넘어가는 거지 뭐."

"다음 단계? 그게 뭔데?"

"법의 힘을 빌려야지. 우리에게는 변호사님도 있잖아."

"맞다, 변변! 변정식 변호사님 말하는 거지?"

"응. 나중에 물어보려고……."

"식당 사장이 학생이라고 우리를 우습게 알면 어떡하지?"

"야, 우리가 아직 학생인 건 맞지만 산전수전 공중전까지
다 겪었잖나?"

"하기는 웬만한 어른들도 우리를 못 당하지. 히히."

합정역에서 2호선으로 갈아타고 이런저런 이야기를 나누
다 보니 어느새 강남역에 도착했다. 수경이와 보담, 향금은 벌
써 와서 기다리고 있었다. 수경은 불안한지 살짝 긴장한 듯 보
였다.

"수경아, 너는 뒤에만 있어. 우리가 얘기할게."

보담이 야무지게 말했다. 변호사가 되겠다고 결심한 보담
은 벌써 법 조항 같은 것을 읽고 온 눈치였다.

"부당한 해고를 당한 건 너니까 절대 물러서지 마. 우리가
확실하게 얘기해 줄게."

"응, 나 겁 안 나. 오히려 우리 오빠 때문에 고민이야."

"응? 준오 형이 왜?"

"아니야, 나중에 얘기할게. 지금은 일에 집중하자."

재석은 준오에게 무슨 일이 있다는 게 마음에 걸렸지만, 지금은 수경의 밀린 임금을 받아내는 게 우선이었다. 수경이 알려주는 대로 골목길을 들어서니 먹자골목이 나타났다. 토요일 오후라 한가할 줄 알았는데, 먹자골목에는 제법 많은 사람들이 오가고 있었다. 유동 인구가 넘치는 강남은 역시 북적북적했다.

"야, 밥때도 아닌데 사람들이 많네?"

"응, 여기 장사 잘돼. 저기야."

수경이 가리키는 자그마한 빌딩 1층에 식당이 하나 보였다. 식당은 한창 바쁠 때가 지났는지 홀에 손님은 없고 알바생으로 보이는 종업원이 혼자 테이블을 정리하고 있었다. 그새 새로 뽑은 듯했다.

"저기냐?"

"응."

문을 열고 들어서자 종업원이 큰 소리로 외쳤다.

"어서 오세요! 몇 분이세요?"

"우리는 밥 먹으러 온 건 아니고요, 사장님 계세요?"

재석이 당당하게 말했다.

"사장님! 여기 손님이 사장님 찾는데요?"

종업원이 주방으로 고개를 돌려 소리쳤다.

"누군데?"

건장한 체격의 남자가 앞치마에 손을 닦으며 나왔다. 남자는 머리에 두건을 쓰고 시커먼 앞치마를 질끈 동여맸는데, 잔뜩 구겨진 탁한 얼굴에 그 사람의 인성이 드러나는 듯했다.

"안녕하세요? 저희는 친구 문제로 왔습니다. 여기 수경이 아시죠?"

뒤에 섰던 수경이 살짝 기죽은 목소리로 입을 열었다.

"아, 안녕하세요?"

"너 가게도 안 나오고 법대로 하겠다더니, 이게 법대로 하는 거냐?"

수경을 발견하자마자 사장은 뭔지 알겠다는 듯 콧방귀를 뀌더니 목소리를 높였다. 고등학생이라고 만만하게 보고 기부터 죽일 심산이었던 것이다.

"수경이가 여기서 일한 건 사실이잖아요? 일을 시켰으면 정당한 대가를 지불하셔야죠. 고용계약서 쓰셨을 거 아니에요?"

"야! 일하기로 해놓고 무단결근해서 내가 얼마나 고생했는지 알아? 피해 보상을 받아야 할 판이라고! 근데 너희들 뭐야? 빚 받으러 온 빚쟁이야, 뭐야?"

그러자 수경도 용기를 내서 외쳤다.

"알바비를 안 주니까 안 나왔죠. 누굴 바보로 아세요? 제가 여기 자원봉사자로 온 거 아니잖아요!"

그때 재석이 수경에게 흥분을 가라앉히라고 눈짓을 하며 앞으로 나섰다.

"저희는 빚쟁이 아니고요, 사장님께서 정당한 임금을 체불하고 부당한 해고를 하셨기에 좋게 말씀드리려고 온 겁니다."

"뭐? 체불? 부당 해고? 건방진 자식, 넌 누구야?"

사장이 호랑이처럼 눈을 부릅떴지만 재석은 눈 하나 깜빡하지 않고 마주 보았다. 눈에서 이글거리는 불똥을 보았는지 사장이 움찔했다.

"야야, 긴말하기 싫고, 여기서 나가. 경찰 부르기 전에 썩 꺼지라고!"

그러자 민성이 나섰다.

"사장님, 좋은 말로 할 때 알바비 주세요. 정확히 계산해서요. 왜 어른이 돼서 어린 학생의 돈을 안 주십니까?"

"야, 얘 때문에 내가 손해 본 게 얼만데!"

사장은 아예 돈을 떼먹을 기세였다. 좋은 말로 될 것 같지가 않았다.

"좋습니다. 그럼 법적으로 따질 수밖에 없겠네요."

"어쭈, 대가리에 피도 안 마른 것들이 법? 그래, 법대로 해 봐라! 나도 변호사 있어! 어디서 약속도 안 지키고 일도 엉망으로 한 계집애가 협박이야? 그런다고 내가 겁낼 줄 알아? 여기서 다 꺼져, 경찰 부르기 전에."

가게에서 계속 소란을 피울 수는 없었다. 재석과 아이들은 일단 가게에서 나왔다. 밖으로 나오자마자 민성이 말했다.

"아이, 아깝다. 사장이 재석이를 한 대 쳤어야 했는데."

"너, 무슨 소리야?"

보담이 민성을 흘겨보며 쏘아붙였다.

"재석이가 맞았으면 그걸 빌미로 싸움을 유리하게 끌어갈 수 있잖아."

"저런 뺀질이 사장은 절대 때리지 않아. 말로만 저러는 거지."

재석은 고개를 저으며 앞서 걸어 나갔다.

"안 되겠다. 플랜 B로 들어가자."

플랜 B

며칠 뒤 다섯 아이는 근처 제과점에 자리를 잡았다.

"일단 내용증명을 써서 보내자. 예전에 내가 써봐서 어떻게 써서 보내야 하는지 훤하지."

재석의 말에 수경이 금시초문인 양 물었다.

"내용증명? 그게 뭔데?"

"법적으로 나가기 전에 일단 이런 일이 있었다는 사실을 육하원칙에 따라서 제대로 쓰는 거야."

재석은 가방에 담아온 노트북을 꺼내 이전에 썼던 내용증명서를 열었다. 보담이 옆에서 함께 들여다보면서 문장을 수

정하라든가 다듬으라고 지시하며 수정을 해나갔다. 민성은
이를 촬영했고, 향금은 수경에게 속삭였다.

"재석이는 작가가 꿈이고, 보담이는 변호사가 꿈이래. 그
러니까 둘이 죽이 잘 맞아."

수경은 제 또래인데 벌써 각자의 꿈을 실현해 나가는 재석
이 일행이 부럽기도 하면서 고마웠다. 하지만 자신의 처지를
생각하니 속상하고 쓸쓸했다.

김종현 사장님 귀하
저는 사장님과 계약에 의해서 사장님의 식당에서 10월 5일부터 11월
14일까지 총 170시간의 노동을 했습니다.
홀 서빙을 혼자 담당하면 임금을 더 주겠다고 약속하셨지만 그것까지 지
키기를 바라지는 않습니다.
제가 일한 170시간 가운데 임금을 받지 못한 115시간에 대해 최저 임금
으로 계산한 금액 1,002,800원(8,720원×115시간)을 저의 통장으로 송
금해 주시기 바랍니다.
이에 응하지 않을 시에는 이 모든 일의 책임은 사장님에게 있습니다.

"자, 어때?"
수경은 세상 간결하고 차가운 글을 읽으며 내심 감탄했다.
"그래, 이거야. 재석이 너는 어쩜 쌈도 잘하면서 글도 잘

쓰니?"

"이 몸이 내용증명을 몇 번 보내봤지."

"그런데 이렇게까지 해야 하나?"

"내용증명은 최후통첩용이야. 나중에 민사소송을 하려면 꼭 발송해야 해. 판사가 너한테 의무를 이행할 것을 독촉했냐든가, 내용증명은 발송했냐고 물어볼 수 있거든. 이럴 때 내용증명을 보냈다고 하면 아주 도움이 되지."

앞에 있는 주스를 단숨에 들이켠 보담이 씩씩하게 말했다.

"얘들아, 이거 부치러 가자."

아이들은 가까운 문구점에 가서 작성한 문서를 3장 출력한 뒤 우체국으로 몰려갔다. 재석은 내용증명을 발송하고 나서 도장이 찍힌 문서 한 장과 영수증을 수경에게 건네주었다.

"잘 가지고 있어."

"사장님이 이걸 받고 돈을 보낼까?"

"법적인 효력은 없으니까 그러진 않을 거야. 하지만 이게 나중에 법원에서 증거보존과 고지의무를 증명하는 문서가 될 테니까 잘 모아놔야 돼. 다음에 한 번 더 보내고 변호사님 찾아가자."

변호사를 꿈꾸는 아이답게 보담이 똑 부러지게 말했다.

"그런데 수경아, 너 계약서랑 쓴 거 다 있지?"

"응. 하지만 엉터리야. 계약서가 몇 줄 안 되더라고. 사장이 사인도 안 하고. 이걸로 될지 모르겠어."

"그래도 없는 것보다는 나을 거야. 내용증명 가지고 잘 해결이 되면 좋겠어."

보담이 웃어 보이자 수경은 그제야 안심이 됐는지 재석을 보며 말했다.

"이렇게 도와줘서 정말 고마워. 난 너희에게 해준 게 없는데……."

"야, 준오 형이 나한테 얼마나 잘해줬는데!"

"맞아. 우리도 너희 오빠 때문에 도와주는 거야."

민성이 재석을 거들며 나섰다. 그런데 준오 얘기가 나오자 수경의 얼굴에 그늘이 졌다.

"아참, 저번에 말하려다 못했는데, 우리 오빠……, 난 불만이야."

향금이 얼른 물었다.

"왜, 뭐가 불만인데? 너희 오빠 열심히 일하신다며?"

"응. 요즘 학교도 휴학하고 회사 다녀."

"준오 형한테 일하고 있다는 얘기 들었어. 그래도 잘된 거 아냐?"

수경이 대답 대신 길게 한숨을 내쉬었다.

"무슨 일 있어? 왜 그래?"

"요즘 오빠, 쓰레기 처리하는 자원 재활용 선별장에서 알바하고 있어."

그러자 민성이 아주 잘 안다는 듯 재빨리 끼어들었다.

"나 텔레비전에서 봤어. 그거 쓰레기 분류하는 거 아냐?"

"그건 아니고, 컴퓨터 잘 쓴다고 사무실에서 업무 본대. 그래도 난 너무 속상해."

수경이 울먹였다.

"우리 오빠가 왜 하필이면 차별받고 천대받는 일을 해야하는 거야? 내가 돈 벌겠다고 나선 것도 그래서야."

수경에게 쌓여 있는 설움과 분노가 바로 그런 것이었다.

"내가 돈 벌어서 오빠를 도와주려고 했는데……. 나는 일하고 돈도 못 받고, 오빠는 매일 쉬지도 못하고 일만 하고 있어. 집에 오면 오빠한테 완전 쓰레기 냄새가 나."

"그랬구나. 준오 형이 자세한 얘기는 하지 않았어. 내가 형을 한번 만나볼게."

재석은 속에서 열불이 났다. 왜 세상에는 열심히 일하는데도 힘들고 가난하게 사는 사람들이 많은지 알 수가 없었다.

돈과 꿈

나는 오래전부터 대학생 형을 하나 알고 있다. 준오 형. 그 형은 내가 만난 젊은 사람 가운데 가장 성실하고 가장 열심히 사는 사람이다. 대학생이라면 흔히 멋있게 옷을 빼입고 담배 피우고 술 마시며 자유롭게 사는 줄 알았다. 그런데 준오 형은 전혀 그렇지 않았다. 시간만 나면 돈을 벌려고 아르바이트하면서 하나뿐인 동생을 지극정성으로 챙겼다. 옆에서 지켜보면 정말 눈물이 날 정도였다.

형이 그렇게 시간을 쪼개서 열심히 일하는 이유는 오로지 돈 때문이다. 돈이 있어야 동생 등록금도 내고 본인도 대학을 다닐 수 있기 때문이다. 준오 형은 언젠가 나에게 이런 말을 한 적이 있다.

"재석아, 나는 시간을 쪼개서 먹고살아야 해. 다른 아이들은 부모의 시간

으로 먹고살지만 나는 내 시간으로 내가 먹고, 내 동생을 먹여 살려야 한
단다."

그 말이 지금도 생생하다. 수많은 명사들이 '시간은 돈'이라고 말하지만,
그때의 준오 형보다 더 가슴에 파고들게 말한 사람은 없다. 돈이 무엇이
기에 한 인간의 온 시간을 내주면서 바꿔야 하는 것일까? 인간은 돈을
벌기 위해 태어났다는 말인가.

산업 자본주의가 되면서 사람들은 돈이 곧 권력이고, 행복이고, 자유이
고, 힘이라면서 가볍게 시간의 가치와 동일시한다. 하지만 시간을 들여
야 얻는 것 중에서 돈으로 살 수 없는 것이 분명 있지 않을까?

재석은 이렇게 시작한 글을 며칠을 끙끙 앓으며 마무리
한 뒤 다시 몇 번을 고쳐 써서 준오에게 톡으로 보냈다. 준오
가 등장하는 글이기에 먼저 보여주고 허락을 받은 뒤 문집에
투고할 생각이었다. 마침 학교에서는 학생들 문집을 만든다
고 했다. 김태호 선생이 교육지원청에서 시행하는 청소년문
집 출간 지원사업에 신청하여 5백만 원의 지원금을 받은 것
이다.

"선생님, 5백만 원으로 책 만들 수 있어요?"

"어떻게 만드냐에 따라 다르지."

"우리 학교 학생들이 천 명 가까이 되는데 책을 다 나눠줄
수 있어요?"

"뭐, 애써봐야지. 그리고 책 만드는 것뿐 아니라 글 쓴 아이들 원고료도 조금씩 줘야 되지 않겠냐? 피자라도 사 먹게."

"와! 원고료도 줘요?"

옆에서 듣고 있던 민성이 반색했다.

"그럼 줘야지. 세상에 공짜가 없지."

"와, 나도 쓸래요."

돈 준다는 말에 민성은 하룻강아지 범 무서운 줄 모르고 달려들었다. 재석은 원래 원고료를 생각해 본 적이 없었다.

"선생님, 출판사나 방송국도 아닌데 원고료를 줘요?"

"응. 액수가 적더라도 챙겨줘야지. 원고 쓰느라 고생한 작가의 노고를 존중해야 하는데, 그걸 무시하는 경우가 많지. 작가의 보이지 않는 노력과 시간을 최대한 보상해 줘야 문화가 발전하는 건데 말이야."

수업이 끝날 무렵 재석은 준오에게서 연락을 받았다.

재석아, 오랜만이구나.
네가 쓴 글 잘 봤다.
형이 너에게 할 말이 좀 있어.
우리 회사로 한번 놀러 와라.

재석은 학교 끝나고 집에 일찍 가서 글을 쓰려던 계획을 접고, 민성과 함께 준오가 일하는 '자원 재활용 선별장'으로 가기로 했다. 버스를 타면 15분이면 갈 수 있는 거리였다.

"수경이가 형 때문에 알바한다는 거 알고 있을까?"

"가서 물어보면 알겠지."

민성은 약간 꺼림칙한 표정이었다.

"너 왜 그래?"

"재활용 선별장은 엄청 더럽고 냄새나는 거 아닐까?"

"설마. 재활용해서 다시 쓰는 거잖아."

"재활용도 쓰레기잖아. 우리 아파트 재활용 수거함에서도 썩은 냄새가 얼마나 나는데……."

생각해 보니 그런 듯도 했다. 재석은 문득 깔끔한 준오의 이미지가 쓰레기와 잘 겹쳐지지 않아서 실제로 보면 어떤 느낌일지 약간 궁금해졌다.

택시를 타고 재활용 센터에 도착해 보니 텔레비전이나 책에서 본 것과 크게 다르지 않았다. 커다란 트럭들이 끊임없이 재활용품들을 가져와 부려놓고 나갔다. 연락을 받고 정문 앞에 나와 있던 준오가 반갑게 손을 흔들었다.

"어서 와. 여기야."

퇴근 시간이 지났는데도 재활용 센터의 직원들은 퇴근할

기미도 없었다. 사람들이 바쁘게 일하는 것이 보였다.

"와! 나 처음 와봐요."

"그래? 어서 들어와."

두 아이는 가건물로 만들어놓은 사무실에 들어가 의자에 앉았다.

"여기가 말로만 듣던 재활용 선별장이군요."

"그래. 우리 구에서 배출되는 모든 재활용 쓰레기가 여기서 분류된단다."

CCTV로 보니 2층에 있는 컨베이어 벨트로 재활용 쓰레기들이 쉴 새 없이 밀려 올라갔다. 그 옆에 선 사람들이 분주하게 손을 움직였다. 커다란 마대에 플라스틱과 각종 재활용품을 척척 분류하는 속도가 거의 5G급이었다.

"와, 대단해요! 손이 안 보일 정도예요."

"다들 오래 일하신 분들이야. 다 정규직이지."

"와! 형도 정규직이에요?"

"아니, 나는 계약직이지."

"어떻게 이런 데 취직했어요?"

"사장님이 날 보고 여기 와서 일하라고 제안해 주셨어. 컴퓨터 잘 다룬다고."

"이곳에서도 컴퓨터 쓸 일이 있어요?"

"그럼. 얼마나 많은 재활용품들이 들어왔다 나가는지 매일 정리해야 해. 다행히 일은 어렵지 않아."

재활용 쓰레기를 선별하는 곳이라고 해서 악취가 심할 줄 알았던 아이들은 준오를 따라 센터 곳곳을 견학하면서 재활용 선별장이 생각보다 깨끗하게 관리되고 있다는 사실에 놀랐다.

"이 동네에서 나오는 모든 재활용품들을 분류하는데, 여기에서도 문제는 돈이야. 비용을 어떻게 절감하느냐가 자원 재활용의 핵심이란다. 재활용품을 깨끗하게 비우고 헹궈서 배출하면 좋은데, 오염된 채로 그대로 버리면 그걸 손보는 데 비용이 더 발생하거든."

"아, 그럼 자원 재활용으로 돈을 벌 수 있어요?"

"못 벌지. 재활용품으로 만든 원자재 가격이 너무 낮아. 너희가 겨울에 입는 털 부숭부숭한 옷 있지? 그것도 페트병으로 만드는 거야. 원료가 이거거든."

준오가 가리키는 곳에는 하얗고 까만 털 샘플이 있었다.

"이게 재활용한 페트병에서 나온 거야."

"진짜요? 정말 신기하다."

"신기하지? 페트병으로 옷을 만들 수 있다는 사실을 아는 사람은 별로 없을걸. 요즘은 국민들 의식 수준이 높아져서 페트병의 상표 스티커도 떼어서 내놓고, 분리수거가 예전보다는 잘되고 있어. 아직도 매립보다는 재활용을 하는 데 더 많은 비용이 들지만 말이야. 그래도 환경을 위해서는 자원 재활용을 포기할 수 없지."

민성은 준오와 함께 사장님을 찾아가 허락을 받은 후 분신처럼 가지고 다니는 카메라로 작업장 여기저기를 촬영했다. 재석과 민성은 분류해 놓은 재활용품 더미를 보며 감탄해 마지않았다.

"와, 이걸 다 사람 손으로 분류한 거라고? 대단하다!"

"그러게. 재석아, 앞으로는 분리수거를 정말 잘해야겠어."

"그래, 나부터라는 생각으로 노력하자."

재석과 민성이 재활용 선별장 입구에서 이야기를 나누는 동안 준오가 사장에게 인사하고 나왔다.

"너희 왔다고 먼저 가라고 하시네."

"진짜요? 사장님 최고!"

준오가 웃으면서 두 아이에게 어깨동무를 하고는 한적한 재활용 선별장 앞길로 걸어갔다.

"너희들 학교생활은 잘하고 있니? 얘기 들었다. 수경이를 물심양면으로 도와준다면서? 내가 나서야 하는데 바빠서 신경을 못 쓰고 있네, 보다시피."

"아니에요. 우리가 도와줄게요. 형은 열심히 일하세요."

"고맙다. 수경이가 예전에 너희 많이 괴롭혔는데도 이렇게 도와주고……. 니들 참, 멋진 놈들이야."

세 사람은 도심의 밝은 불빛을 향해 나아갔다.

준오의 계획

재석과 민성, 준오는 멀지 않은 식당에서 함께 저녁을 먹었다. 순두부찌개를 시키며 준오가 말했다.

"내가 사주는 거니까 많이들 먹어라."

그때 재석에게 문자가 하나 날아왔다. 수경이었다.

식당 주인이 전화해서
욕을 하길래 끊어버렸더니
문자까지 보냈어.
어떻게 하면 좋아?ㅠㅠ

재석은 수경의 문자를 바로 준오에게 보여주었다.

"이거 어떻게 하지?"

문자를 보는 준오의 얼굴이 어두워졌다. 하지만 애써 침착하게 말했다.

"수경이도 세상을 배워가야지."

"수경이한테 이쪽으로 오라고 할까요?"

민성이 준오의 심기를 살피며 물었다.

"그래, 이야기나 들어보자. 너희 덕에 수경이 속마음도 듣겠네."

재석은 수경에게 식당으로 오라고 문자를 보냈다. 세 사람은 뜨거운 순두부찌개를 먹으며 이야기를 나눴다.

"수경이는 형이 재활용 선별장에서 근무하는 게 부끄러운가 봐요."

그 말을 들은 준오는 쓸쓸한 표정으로 말했다.

"내가 재활용 선별장에서 일하는 데는 여러 가지 목적이 있어. 수경이가 아직 몰라서 그래."

준오는 자신이 이곳에서 일하게 된 이유 중 하나가 진로 때문이라고 했다.

"난 자원 재활용 분야를 전공하려고 해. 미래 사회는 자원의 순환을 화두로 삼을 수밖에 없어. 나는 탄소중립과 녹색

환경에 비전을 갖기로 했어."

"그래요? 수경이는 그런 얘기 안 하던데요?"

"수경이한테는 자세하게 얘기 안 했지. 자원 재활용의 현장에서 현실 감각을 키우고 나중에 외국으로 유학을 갔으면 해."

"와, 형, 멋있어요. 그런 생각을 할 줄은 몰랐어요. 역시 형답네요."

그렇게 말하면서도 재석은 하루 종일 일만 해서는 나중에 학교를 어떻게 다니나 싶었다. 민성도 같은 생각이었는지 준오의 팔뚝을 툭 치며 아쉽다는 듯 말했다.

"그래도 휴학한 거는 좀 그래요."

준오가 민성을 보며 피식 웃었다.

"녀석, 너도 그리 열심히 공부 안 하면서. 알아, 뭘 걱정하는지. 휴학은 얼마든지 할 수 있는 거야. 대학생은 형편에 따라 휴학했다가 다시 복학하고 그래. 그리고 딱 한 학기만 할 생각이다."

"왜요?"

"자원 재활용 선별장에서 인턴으로 경력을 쌓으면, 유학 갈 때 유리하거든."

"그런 거였어요? 형은 다 계획이 있었군요!"

민성의 넉살에 준오는 가만히 웃으며 자기의 꿈을 이야기했다. 재활용 선별장의 경험을 바탕으로 '자원 재활용'에 관한 논문을 써서 논문 경시대회에 도전해 보고 싶다는 거였다. 대회에서 입상하면 상금을 받아 외국 유학도 가고 학위도 받아서 대학교수가 되고 싶다고도 했다.

"준오 형, 응원할게요."

"네, 꼭 꿈을 이루세요. 형!"

재석과 민성은 준오의 원대한 포부에 감동을 받았다.

"그래그래, 고맙다. 참, 그리고 수경이 일은 더 이상 신경 쓰지 마라."

"왜요?"

"도와주는 건 고마운데, 너희에게 너무 폐가 되는 것 같아서 미안해. 내가 수경이와 함께 해결할게."

"아니에요, 형. 우리가 끝까지 한번 해결해 볼게요. 형은 바쁠 텐데 마음 쓰지 마세요."

"그래도 너희가……."

그때였다. 수경이가 보담, 향금이랑 함께 식당에 나타났다.

"오빠!"

준오는 수경의 부름에 고개를 돌리다가 보담과 향금을 보고 얼굴이 환해졌다.

"너희도 왔구나. 잘들 지냈니? 참, 밥은 먹었어? 안 먹었으면 내가 사줄게."

"아니에요. 오다가 떡볶이랑 순대 먹었어요."

보담과 향금이 손사래를 쳤다.

준오는 동생 수경이를 둘러싸고 앉은 재석과 민성이, 보담이, 향금이를 보자 그만 울컥했다.

"얘들아, 우리 수경이랑 놀아줘서 고맙다. 수경이가 너희 덕분에 세상을 제대로 배운다."

재석이 준오의 어깨를 툭 쳤다.

"에이 형, 무슨 말씀을! 형이 동생을 잘 키운 거죠."

"아니야, 아니야. 너희에게 정말 고마워."

재석은 준오의 마음을 이해하고도 남았다. 바빠서 나서지는 못했지만, 동생 일이 얼마나 마음 아팠을까. 재석은 얼른 화제를 돌렸다.

"참, 수경아, 아까 사장한테 받은 문자 좀 보여줘."

그들은 수경이 받은 문자를 돌려보았다. 향금은 욕설을 보고 흥분했다.

"이 아저씨 미친 거 아냐? 달라는 돈은 안 주고 어린애한테 욕을 해?"

"정말 너무하네."

보담이도 참다못해 한마디 했다. 재석이도 마음 같아서는 욕을 바가지로 퍼붓고 싶었지만, 철이 든 지금은 그런 것이 다 부질없음을 잘 알았다.

"이거 명예훼손 같은 거에 걸리지 않을까? 수경아, 캡처해서 보관해 놓자. 나중에 써먹을 데가 있을 거야."

"사장하고 주고받은 모든 문자는 이미 다 캡처해 뒀지."

수경은 캡처한 사진을 열어서 보여주었다. 준오가 고개를 끄덕이며 말했다.

"사장이 이런 욕을 보냈다는 건 그만치 초조하다는 뜻일 거야. 괜히 쫄거나 하지 않아도 돼."

"하지만 수경이가 문자를 받을 때마다 얼마나 스트레스를 받겠어요."

향금이가 수경이 대신 분을 삭이지 못하고 팔짝팔짝 뛰었다. 그러자 준오가 말했다.

"수경이 스트레스 풀리라고 오빠가 달달한 거 사줄게."

그 말에 수경의 얼굴이 밝아졌다.

"정말이지, 오빠?"

"그럼. 먹고 싶은 거 있음 뭐든 말해."

준오가 모처럼 얼굴 펴고 말했다.

"수경아, 우리 엄마 가게 부근에 맛있는 수제 아이스크림

집 있어. 거기 가자."

재석이 퍼뜩 떠오른 아이디어를 말했다.

"좋아. 우리 가서 맛있는 거 먹자."

목적지를 정한 아이들은 버스를 타기 위해 달려갔다.

람보르기니 사건

"재석아, 두 번째 내용증명 쓴 거 가지고 왔냐?"

"응. 출력해 왔어. 왜?"

"그거 들고 잠깐 나와봐."

아침에 학교에 가자마자 민성이 재석을 불렀다. 두 아이는 등교하는 학생들 사이를 뚫고 주차장 옆 한적한 곳으로 가서 마주 보고 섰다.

"서류 좀 잠깐 바닥에 놔봐. 영상으로 찍게."

"왜?"

"수경이가 *끝끝내* 싸워 이겨서 돈 받아내는 과정을 전부

찍어뒀다가 다큐멘터리로 만들려고.”

“오, 그거 좋은 생각이네. 자, 여기 있어.”

재석은 출력해 놓은 내용증명서를 땅바닥에 놓았다. 떠오르는 아침 햇살을 받으며 내용증명서가 미풍에 가볍게 펄럭였다. 한쪽에 돌멩이를 얹어놓고 민성은 노출값을 여러 가지로 조절해 가며 찍었다.

“수경이가 사인해야 해서 이따 저녁때 만나기로 했어.”

두 번째 내용증명의 내용은 어투가 좀 더 강경했다.

김종현 사장님께서는 1차 통보를 거부하셨습니다.

재차 통보합니다.

청소년들을 위한 아르바이트 노동법을 위반하셨습니다. 저는 더 이상 참을 수가 없습니다. 법적인 행동에 들어가겠습니다.

“와, 쎈데?”

“그런데 걱정은, 사장이 우리가 법적인 행동을 못 하리란 걸 뻔히 알 거라는 사실이지.”

“맞아, 변호사 비용이 3백만 원은 될 텐데 받을 돈은 백만 원 남짓이잖아. 바보가 아닌 다음에야 변호사 비용 쓰면서 어떻게 법대로 하겠냐? 그 뺀질이 사장이 그걸 모를 리 없지."

그때였다. 아이들의 탄성이 들리고, 저 멀리 통학로에서 새빨갛고 날렵한 차가 굴러오는 게 보였다.

"저건 뭐야?"

여기저기서 쑥덕대는 소리가 들렸다.

"이야, 람보르기니다!"

"우리 학교에 비싼 외제 차가 어쩐 일이지?"

람보르기니는 교문을 지나 주차장 쪽으로 미끄러져 들어오더니, 재석과 민성이 있는 곳까지 와서 소리 없이 멈추었다.

"처음 보는 차인데? 누가 타고 온 거야?"

"글쎄."

차 문이 날개를 펴듯 위로 열리면서 내리는 사람은 사회복무요원 진식이었다. 진식은 맞은편으로 가서 문을 위로 젖혀 열었다. 함께 온 일행이 있는 모양이었다.

"어?"

차에서 내린 사람은 지팡이를 짚은 대현이었다. 진식은 휠체어를 꺼내 펴서는 대현이를 앉히고 차 문을 닫았다. 아이들은 이 상황을 보고도 믿을 수가 없었다.

"형, 이거 형 차예요? 와, 저번에는 벤츠더니 이번에는 람보르기니라니!"

민성이 카메라를 들이대며 탄성을 날리는데도 진식은 무덤 덤하게 대답했다.

"대현이가 한번 타보고 싶다고 해서."

쿨하게 대답하고 학교 안으로 들어가는 진식의 뒤꽁무니에 대고 민성이 소리쳤다.

"형, 멋있어요! 이따 나랑 인터뷰 좀 해주세요."

교실로 돌아온 민성은 스마트폰으로 검색하며 탄성을 질러 대고 있었다.

"재석아, 진식이 형 차, 람보르기니 아벤타도르래. 가격은 와, 7억이야! 12기통에 와, 배기량이 무려 6,498cc. 풀타임 사륜구동이래. 와, 변속기는 자동 7단이고 최대 출력이 와, 780마력이야. 최고 속력이 와, 무려 시속 350km고 제로백이 2.8초라네."

"야, 와와 소리 좀 그만 질러라. 근데 아벤타도르가 무슨 뜻이야?"

"잠깐만. 아, 찾았다. 1993년에 투우사와 끝까지 싸워서 유명해진 소 이름이라는데, 원래 뜻은 스페인어로 '풍구'래. 바람으로 곡물에 섞인 쭉정이랑 먼지를 떨어내는 기구 말이야."

재석은 새빨간 람보르기니가 투우처럼 돌진하는 모습을 상상해 보았다. 황소가 거친 숨을 몰아쉬는 게 끊임없이 바람을 일으키는 풍구 같아서 이름을 그렇게 붙인 모양이었다.

그날 등굣길은 내내 시끄러웠다. 새빨간 람보르기니를 생전 처음 보는 애들도 있었다.

"우와! 이런 차가 우리 학교에 오다니."

"대박이다!"

너도나도 스마트폰을 꺼내 사진 찍기에 열을 올렸다. 출근하던 선생님들도 와서 구경했다.

"좋은 차를 타고 왔네."

그날의 화제는 단연 사회복무요원이 람보르기니를 타고 왔다는 사실이었다.

"정말 대단해. 진식이 형 아버지가 재벌이라며?"

"아니야. 그냥 차에 진심인 부잣집? 그 정도 아닐까?"

"내가 듣기로는 연예 기획사 사장이라던데?"

"무슨 소리야. 나는 처음 듣는 얘기다."

아이들은 모두 람보르기니를 타고 온 진식에게 관심이 쏠려 있었다. 얼마나 돈이 많기에 벤츠로 모자라 람보르기니까지 몰고 다니는지 알 수가 없었다. 그렇게 부잣집 아들로는 보이지 않았기 때문이다.

점심시간에 민성과 재석은 바람이 불듯 후다닥 밥을 먹고 사회복무요원 진식이 근무하는 특수반 교실 문을 두드렸다.

"형, 저희 왔어요."

"응, 재석이랑 민성이구나. 어서 와."

대현이 식사를 도우면서 형이 물었다.

"나를 촬영한다고?"

"네, 허락 좀 해주세요."

"너 다큐멘터리 감독이 꿈이라고?"

"네. 그런데 저 차 형 거예요?"

"응."

"와, 아버지가 사주신 거예요?"

"아니, 내 돈 주고 내가 산 차야."

재석은 깜짝 놀랐다. 젊은 나이에 무슨 돈이 있어서 저 비싼 차를 살 수 있을까 놀라웠다.

"형, 무슨 일 하는데요?"

"나 사업해. 의류 사업."

사업이라는 말에 재석은 귀가 번쩍 뜨였다.

"형, 혹시 직원이나 알바생도 쓰세요?"

"많이 쓰지, 내 매장에."

"그래요? 그럼 혹시 알바생과 임금이나 근무 조건 같은 걸로 싸우거나 직원을 해고한 적도 있어요?"

"아니, 나는 약속한 건 제대로 다 줘. 일도 약속한 시간 이상으로 안 시키고. 근데 왜?"

"형이 사장이라니, 그럼 회사는 지금 어떻게 해요?"

"직원들이 일하지. 난 근무 끝나면 바로 회사로 가고. 직접 운영하던 사업체라 겸직 신청을 해서 허락을 받았지."

"아, 그렇구나."

재석은 왠지 가슴이 떨렸다. 누구보다 수경이 문제를 잘 조언해 줄 사람을 찾은 것 같았다.

"그럼 이것 좀 봐주세요."

진식이 재석이가 내민 내용증명을 받았다. 그때 대현이가 식사를 마쳤다.

"너희, 내가 대현이 식판 반납하고 올 때까지 대현이랑 이야기 좀 하고 있어."

진식이 식판을 들고 나가자, 대현이가 휴지를 가리켰다. 재석은 재빨리 곽에 든 휴지를 꺼내 건네주었다. 대현이는 흔들리는 손으로 입가를 닦았다. 그때 진식이 내용증명을 들고 들어오면서 물었다.

"네 친구가 돈을 못 받았구나. 이런 경우 악덕한 사장은 거칠게 나올 수가 있어. 소송 비용을 학생들이 가지고 있을 리가 없잖아."

진식은 청소년 노동의 현실을 말하기 시작했다. 진식이 자신이 알고 있는 청소년들의 이야기를 한창 하고 있는데, 갑자기 교실 문이 열리더니 아이들이 쏟아져 들어왔다.

"형! 형!"

"애들이 형 차에 올라가서 장난치다 차가 찌그러졌어요."

재석과 민성은 귀를 의심했다.

진식은 벌떡 일어나더니 교실 밖으로 달려 나갔다. 민성도 카메라를 들고 복도를 뛰었다. 벌써 소문이 퍼졌는지 여기저기서 아이들이 100미터 달리기를 하듯 뛰었다.

수리비 2억

다음 날 재석은 등교하면서 경찰차를 보았다. 경찰차는 주차장에 서 있었고, 그 옆에서 경찰관이 부지런히 망가진 람보르기니 사진을 찍어댔다. 보험회사에서도 누군가 나와서 뭔가 열심히 조사하는 게 보였다. 선생님도 몇 분 나와서 지켜보고 있었고, 구경하느라 기웃거리는 아이들도 여럿이었다.

재석이 가까이 다가가서 보니 람보르기니의 보닛과 지붕이 찌그러지고 흠집이 나 있었다.

이 모든 장면을 진식이 무덤덤한 표정으로 지켜보고 있

었다.

"이 차는 한국에서 수리가 안 됩니다. 이탈리아 본사로 보내야 돼요."

보험회사 점퍼를 입은 직원이 심각한 얼굴로 말했다.

"보험 처리가 가능하겠습니까?"

현장에 나와 있던 교감 선생님이 물었다.

"회사에서 수리비를 처리하더라도 아마 아이들 부모님에게 그 피해 보상금을 청구할 겁니다. 구상권이 집행되면 아마 수리비가 2억 정도 될 겁니다."

"2억요?"

옆에서 듣고 있던 사람들이 모두 경악했다. 보험회사 직원도 난처한 표정이었다.

"웬만한 수리는 일본에 보내서 처리하는데 이 차는 부품을 다 갈아야 해서 이탈리아로 보내야 합니다. 너무 심하게 망가졌어요."

"허걱, 완전 놀랄 노 자다!"

사람들 입에서 기함하는 소리와 함께 한탄이 흘러나왔다.

"아이고, 녀석들, 어떻게 이런 철없는 짓을 했지?"

이번 일에 대해서는 이미 소문이 파다하게 퍼졌다. 사고를 친 아이들은 1학년 말썽꾸러기들이었다.

"자식들이 아직도 중딩티를 못 벗었구나."

어느새 재석이 옆으로 다가온 민성이 혀를 차며 중얼거렸다. 재석도 몹시 씁쓸해서 고개를 절레절레 흔들며 교실로 향했다.

민성은 교실에 돌아오자 스마트폰으로 자신이 찍은 람보르기니 사진을 보여주었다.

"이것 봐, 보닛하고 지붕이 다 찍혔잖아!"

"문짝 하나만 해도 몇천만 원 나간다는데……."

"녀석들, 진짜 큰일 났네."

그때 옆에서 자신이 쓴 소설을 다듬던 병조가 말했다.

"그 형은 돈도 많다는데 애들 실수 좀 봐주지. 나눔을 실천해야지 말이야."

"야, 이게 나눔이냐?"

민성이 묻자 병조가 어깨를 으쓱하고 말했다.

"노블레스 오블리주라는 말도 있잖아. 사회적으로 지위가 높은 사람들이 그에 걸맞게 도덕적 의무를 다해야 하지 않겠냐? 로마 같은 나라에서는 왕이나 귀족들이 전쟁 나면 스스로 자기 돈으로 무기 사서 앞장서서 싸우러 갔대. 특히 전쟁 같은 국난이 일어나면 기득권층의 솔선하는 자세가 사람들 마음에 위로와 용기가 되지 않겠냐? 애들이 말썽을 피운 거지만, 돈 많은 진식이 형이 애들 사정을 봐줄 수도 있다는 거지."

"야, 이런 손해를 어떻게 봐주냐? 말도 안 되지. 그리고 남에게 피해를 줬으면 책임을 져야지."

민성의 말에 재석도 의견을 냈다.

"그래, 무조건 봐주기로 하면 법은 왜 필요하겠어?"

그 말을 내뱉는 순간, 재석은 수경의 밀린 임금이 생각났다.

"노동법 같은 것도 청소년들의 노동을 보호하라고 만든 거지."

민성과 재석이 주변의 의견을 취재하고 여기저기 알아본 결과, 아르바이트를 하다가 악덕 업주 만나서 피해 보는 아이들이 꽤 많다는 것을 알게 되었다. 특히 미성년자인 청소년들을 우습게 알고 계약을 불성실하게 하거나 약속을 지키지 않는 경우가 적지 않았다.

"있는 사람들이 더한 거 같아."

민성의 말에 재석이 고개를 저었다.

"이건 그런 문제가 아니고, 내가 볼 때는 힘없는 청소년과 어린이들을 보호해야 한다는 인식이 좀 부족해서 그런 것 같아. 어른들도 청소년기를 다 거쳐오고선 어떻게 이럴 수가 있냐 말이야."

말을 하다 보니 열을 확 받는 재석이었다. 그런 재석을 보고 민성이 계획이 있다는 듯 빙긋빙긋 웃으며 말했다.

"나 이걸로 다큐멘터리 만들 거야. 잘 찍어서 방송국에 제보해야지."

"방송국에 제보를?"

"응. 〈그것을 캐고 싶다〉나 〈시사기획 방패〉 같은 데에다 수경이 이야기 제보하고 내가 같이 나가는 거지."

"자식, 꼭 숟가락은 잘 얹어요."

"피디는 원래 그러는 거야, 헤헤!"

그날 점심시간에 다시 주차장으로 가보니 몇몇 방송국에서 취재진이 와 있었다. 아이들은 스마트폰을 들여다보며 호들갑을 떨었다.

"야, 이것 봐. 우리 학교 나왔어."

"정말이야?"

람보르기니 파손 사건이 어느새 화제가 되어 있었던 것이다. 카메라로 파손된 자동차를 찍고 있는 기자에게 민성이 다가가 말했다.

"저, 기자님, 명함 하나만 주세요."

"왜?"

수첩과 DSLR 카메라를 들고 있던 점퍼 차림의 기자가 고개를 돌렸다.

"저도 제보할 게 있어서요."

"그래? 이 사건에 대해 아는 게 좀 있니?"

"이 사건은 아니고요, 다른 거요."

기자는 잠시 머뭇대다 명함 하나를 건네주었다. 어린 고등학생이 제보할 게 뭐가 있겠나 싶었다가 혹시 모르는 일이라고 고쳐 생각한 듯했다. 재석은 나대는 민성을 보고 못 말린다는 듯이 고개를 저었다.

그날 오후 김태호 선생의 설명에 의하면, 진식은 평범한 사회복무요원이 아니었다. 보통은 고등학교를 졸업하거나 대학을 다니면서 사회복무요원으로 근무하는데, 진식은 사회 활동을 하다가 와서 나이가 생각보다 많았다.

"진식이 나이가 스물일곱이란다."

"어, 그렇게 나이가 많아요?"

민성이 묻자 선생님이 고개를 끄덕였다.

"어려 보이지? 그런데 중학교 때부터 돈을 벌었다더라."

"정말요?"

"집안 형편이 어려워서 일찍부터 돈벌이를 하다 보니까 어떻게 하면 돈을 버는지 방법을 깨친 모양이야."

진식은 중학교 때 아르바이트해서 모은 돈으로 휴대폰 대리점을 차리는 게 꿈이었단다. 생각보다 빨리 꿈을 이루었고, 진식의 대리점은 '친절한 설명과 꼼꼼한 AS'로 또래 청소년들에게 인기를 얻으면서 손님이 폭발적으로 늘었다. 수천 명의 청소년이 굳이 진식의 대리점을 찾아와 휴대폰을 개통했고, 통신사를 이동했다. 진식은 그때 번 돈을 종잣돈으로 해서 고등학교 때 본격적으로 사업을 시작했다.

진식이 관심을 가진 분야는 의류 사업, 그중에서도 남성복이었다. 진식은 1년 동안 여러 남성복 매장에서 아르바이트를 하며 시장조사를 했다.

진식은 아르바이트를 하면서 비교적 인건비가 저렴한 중국에서 양복을 만들어 오는 경로를 알게 되었고, 덕분에 좀 더 큰 수익을 올릴 수 있었다. 물론 우리나라 사람들이 좋아하는 디자인을 열심히 조사해 주문 제작하고, 원단과 바느질 등의 품질을 꼼꼼하게 검수한 것도 성공 비결이었다고 한다. 그 결과 진식은 고등학생 신분으로 남성복 브랜드를 론칭해 양복을 팔기 시작했고, 독특한 감성의 양복이 인기를 끌면서 순식간에 어마어마한 돈을 긁어모았다. 매장을 점차 늘리면서 직원들도 여럿 뽑았다.

"그렇게 10년 정도 사업에 매진하느라 군대도 안 가고 버티다가 결국은 남보다 늦은 나이에 사회복무요원이 된 거란다."

"와, 대단해요!"

이야기를 듣던 아이들은 감탄을 금치 못했다.

"그런데 그 형, 원래는 벤츠 타고 다녔는데 왜 갑자기 차를 바꿨대요?"

"아, 그건 대현이가 자동차를 좋아하는데 람보르기니를 직접 타보는 게 소원이라고 했다는구나. 대현이를 돌보며 정이 들었던 진식이가 대현이 소원을 들어주려고 특별히 람보르기니를 타고 왔던 거야. 좋은 마음으로 한 일인데 그런 사고가 난 거지."

"선생님, 그 사고 친 애들은 어떻게 됐어요?"

"넷이 함께 사고를 쳐서 각자 5천만 원씩 마련해야 수리비 2억을 낼 수 있다는데, 당장 그렇게 큰돈을 만들 수가 없어 곤란한 상황이겠지."

"에고!"

아이들은 이구동성으로 탄식했다. 1학년 애들의 철없는 행동이 안타까웠던 것이다.

"람보르기니는 진식이가 리스를 한 차였대. 그래서 법적

소유자인 리스 회사에서 소송을 걸겠다고 했단다."

선생님은 답답하다는 듯 혀를 차고는 종례를 마쳤다.

"자, 이제 모두 집으로 가라."

교실 밖으로 나온 아이들의 표정은 별로 밝지가 않았다.

상담사 역할

내용증명을 두 번이나 보냈지만 수경은 여전히 임금을 받지 못하고 있었다. 식당 사장은 내용증명을 아무리 보내봐야 힘없는 아이들이 소송을 걸지 못하리란 것을 이미 아는 듯했다.

재석은 친구들과 만나 이야기를 나누었지만 별 뾰족한 수를 찾지 못했다. 그래서 변변에게 전화를 걸어 전후 사정을 설명하고 자문을 구했다.

"변호사님, 이제 어떡하면 좋을까요?"

"글쎄, 금액이 적기는 하다. 노동부에 잘 알아보고 그래도 계속 버티면 어쩔 수 없이 소송을 제기해야지. 소송하게 되면 내가 소송비용은 안 받고 해주긴 하겠지만……."

"소송 액수 자체가 너무 적은 거지요?"

"소액청구심이라고 따로 있어. 그런 거는 사실 법원에서도 크게 안 여겨. 일단 너희끼리 좀 더 알아봐라. 인생 공부하는 셈 치고. 소송해야 하는 상황이면 그때는 내가 도와줄게."

"네. 감사합니다."

이번 건을 소송으로 끌고 가봐야 변변만 귀찮게 하는 일 같았다. 다른 방식의 해결이 필요했다.

그때 보담이 말했다.

"재석아, 수경이 일은 당장 문제 해결도 중요하지만 앞으로 이런 일이 다시는 벌어지지 않도록 하는 게 더 중요하지 않을까? 우리 예전에 왕따에 대해 실태 조사를 했던 것처럼 이번에도 그렇게 접근해 보면 어떨까?"

"실태 조사?"

"응. 모든 문제의 해결은 실태를 파악하는 게 중요한 것 같아. 이번에도 청소년 아르바이트 실태 조사를 해보는 거지."

"청소년 아르바이트 실태?"

그러자 향금이 고개를 저으며 말했다.

"요즘 아르바이트하는 애들이 얼마나 많은데? 왕따 조사는 같은 한 학교 안에서 하는 거니까 우리끼리 가능했지만, 아르바이트 조사는 좀 어렵지 않을까?"

향금의 말대로 아르바이트의 실태 조사는 규모가 엄청날 것이었다.

"그래, 아르바이트생들을 다 조사하려면 규모가 너무 커질 것 같다."

"그럼 어쩌지?"

보담이 한숨을 쉬며 어깨를 늘어뜨렸다.

"얘들아, 청소년이 착취를 당하지 않으려면 무엇보다 돈밖에 모르는 어른들부터 바뀌어야 하지 않겠나? 어떻게 하면 어른들의 생각을 바꿀 수 있을까?"

그때 민성이 생각난 듯 주머니에서 뭔가를 꺼내 내밀었다.

"이것 좀 봐. 방송국 기자한테 내가 명함 하나 받았어. 우리 학교 람보르기니 사건 때 취재하러 온 기자야."

민성은 보담과 향금이에게 람보르기니 사건에 대해 간략히 설명해 주었다.

"그 기자에게 수경이 사건을 기사화해 달라고 하자."

"방송국 기자가 우리 얘기를 들어줄까?"

재석이 고개를 갸웃했다.

"그냥 해보는 거지, 뭐."

민성이 기자에게 전화를 걸었다.

"네, 김명석입니다."

"기자님, 안녕하세요? 저 람보르기니 파손 사건 취재하러 나오셨을 때 명함 받은 학생인데요."

"아, 생각나네. 뭐 새로운 소식이라도 있어, 학생?"

"아뇨. 지금 학교에서 보상금을 조정하려고 애쓰고 있어요."

"그래? 난 또 뭐 새로운 소식이 있는 줄 알았지."

기자가 전화를 끊으려는 것 같자 민성이 다급해졌다.

"기자님, 오늘은 다른 거 제보하려고 전화했어요. 그래도 되죠?"

"제보? 무슨 제보인데?"

"제 친구가 아르바이트를 하다가 피해를 입었어요. 그런 건 혹시 뉴스가 안 되나요?"

"어떤 문제가 있는지 들어봐야 할 것 같은데?"

민성이 조리 있게 수경의 사정을 이야기했다. 다 듣고 나서 기자가 말했다.

"학생, 잘 알겠는데 한 사람의 사정을 취재하기는 힘들 것 같아. 비슷한 사례를 좀 더 알아볼 수 있을까? 그러면 기획 기사로 보도할 수는 있어. 안 그래도 요즘 청소년들 아르바이트가 문제가 되고 있어서 소재는 좋으니까."

"아, 그럼 보도할 가치는 충분한 거죠?"

"응. 요즘 경기도 어렵고 해서 청소년들이 아르바이트에 관심이 많잖아. 비슷한 사례를 더 수집하면 좋겠어."

"네, 알겠습니다. 그럼……."

기자는 뭐가 급한지 민성이가 말을 다 마치기도 전에 전화를 끊었다. 당장 취재 약속을 받은 건 아니지만 희망은 있었다.

"민성아, 잘했어. 우리 더 알아보자."

재석이 대견하다는 듯 민성의 어깨를 두드려주었다.

"그래, 알아보면 아마 사례가 더 있을 거야."

보담도 웃으며 민성에게 고개를 끄덕여 보였다. 민성은 왠지 뭔가 일이 잘 풀릴 것 같은 기분에 들떴다.

"이 일이 방송에 나오면 아마 그 수경이네 악덕 사장도 꼼짝 못 할걸. 방송이 얼마나 무서운데!"

그러자 향금이 기억났다는 듯 호들갑을 떨며 말했다.

"얘들아, 요리 전문가 박종원 씨가 하는 〈큰길식당〉이라는 프로그램 알지? 거기서 지방 식당을 소개했는데, 서울의 다른 가게가 갑자기 그 식당 메뉴 이름을 상표등록 했다잖아. 지방 식당에서 바로 항의했는데, 서울 식당 사장이 자기는 방송을 보지 않았다고 시치미를 뚝 떼더래. 그래서 박종원 씨가 방송에서 이 사실을 알리고 법적 대응을 경고했잖아. 그랬더니 상표권 가로챈 사람이 직접 가서 사과하고 다시는 안 그러겠다고 했대."

"와, 진짜 얍삽하다."

보담이 눈을 동그랗게 뜨고 동조하자 향금은 더 신이 나서 말을 이었다.

"방송에서 다루지 않았으면 눈 딱 감고 해 먹었을 거 아니야? 정말 못됐어."

"남들이 애써서 노력한 거를 가로채면서 죄책감이 안 들까? 그래도 어떻게 인정은 했네."

"언론에서 다루고, 사람들이 댓글을 달면서 비난을 하니까 어쩔 수 없이 인정한 거겠지."

보담과 향금의 만담에 민성이 끼어들었다.

"우리도 수경이 일이 방송에 나가게 해보자. 기자 말대로 아르바이트하다가 돈을 못 받은 다른 사연부터 찾아보자."

"그래, 지금 당장 하자."

재석이와 친구들은 늘 정의로운 일에 적극적이었다. 아이들은 각자 자신의 SNS를 열고 글을 올리기 시작했다.

재석도 진중하게 포스팅을 했다.

안녕하세요?

돈이 필요하거나 사회 경험을 하려고

아르바이트를 했던 청소년 중에

제대로 보수를 못 받았거나

부당한 처우를 받은 분들은 제보 바랍니다.

저희가 열심히 취재해서 방송국에 보내겠습니다.

담당 기자님이 제보를 기다리고 계십니다.

아이들은 각자 자신의 인스타그램과 페이스북, 블로그 등에 글을 올렸다. 넷 다 팔로워가 꽤 많았지만 그래도 가장 강력한 파워를 자랑하는 사람은 향금이었다. 밝고 명랑한 성격과 방송계로 진출하려는 꿈이 있었기에 늘 SNS를 신경 써서 관리한 덕분이었다.

재석의 포스팅이 끝날 무렵 향금이 탄성을 질렀다.

"어머, 댓글이 막 달려. 반응이 벌써 오고 있어. 편의점에서 일했는데 주급 13만 원을 몇 달째 못 받고 있대. 얘는 알바 사장이 성희롱을 하려고 해서 도망쳤대."

그날 아이들은 SNS 미디어의 힘을 새삼 느꼈다. 댓글과 제보가 다음 날, 그다음 날까지도 끝없이 이어졌던 것이다.

실태 조사

"얘들아, 내가 통계 자료를 찾아 PPT로 정리해 봤어. 한번 봐봐."

일주일 뒤 보담이 자신이 준비해 온 프린트물을 꺼내어 보여주었다.

"우리나라는 청소년이 854만여 명이야. 총인구의 16.5%를 차지하고 있대. 그런데 청소년이 직업을 선택할 때 뭘 가장 중요하게 여기는지 알아?"

"나 그거 알아!"

향금이 안다는 듯 손까지 들었다.

"재미! 다들 재밌어하는 일을 하려고 하잖아."

"땡!"

이번엔 재석이 말했다.

"아마 보수일걸? 연봉이나 수입."

"딩동댕! 맞아, 수입이 정답이야! 청소년을 대상으로 선호하는 직장을 조사했는데 1등이 국가기관, 2등이 공기업, 3등이 대기업이야. 선택한 이유를 조사했더니 수입이 32.8%, 적성과 흥미 28.1%, 보람과 자아실현은 4.2%뿐이었대."

"그래서 애들이 걸핏하면 어른들한테 연봉이 얼마냐고 물어보는구나."

향금이 그제야 알겠다는 듯 고개를 끄덕거렸다.

"그래, 저번에 우리 학교에 어느 작가님 왔는데 연봉이 얼마냐고 물어봐서 선생님들이 창피해하셨잖아."

민성의 말에 재석이 심드렁하게 대꾸했다.

"궁금하면 물어볼 수도 있지 뭐. 안 그러냐?"

그러자 보담이 웃으면서도 똑 부러지게 말했다.

"그래, 그럴 수 있지. 하지만 그건 너무 사적인 것을 질문한 거야."

청소년의 아르바이트는 진로를 탐색하거나 사회나 직업 활동을 미리 경험한다는 긍정적인 면이 있지만, 장시간 아르바이트를 하면 성적이 떨어지는 것은 물론이고 미래에 대한 기대와 꿈을 잃는 경우도 많다는 자료가 인상적이었다.

재석이 말했다.

"청소년은 대부분 아르바이트를 하고 싶어 하지만, 모두가 하는 건 아니야. 여기 자료를 보면 저소득층의 청소년이 아르바이트를 더 많이 하는 걸로 나와."

"당연하지. 특히 강도 높은 장시간 아르바이트는 아무래도 가정 형편이 어려운 아이들이 많이 할 거야."

"다시 말해서 저소득층 아이들이 장시간 아르바이트를 더 많이 하고, 그러면 아무래도 공부할 시간이 부족해지니까 성적이 떨어지겠지. 그로 인해 진로 선택에 한계가 생기면서 저소득 환경은 그렇게 대물림되겠지? 우리나라는 학벌 사회니까."

보담이 심각한 얼굴로 중얼거렸다. 그러자 민성이 말했다.

"한마디로 우리 엄마 말이 맞았어."

"뭐라고 하셨는데?"

"나보고 아르바이트 같은 거 할 생각 말고 공부나 열심히 하랬어. 아르바이트에 시간을 많이 뺏기면 성적도 떨어지고 나중에 미래도 불투명해진다고. 그런데 유튜브 방송 같은 취미 활동은 괜찮다 하서."

"어른들은 아르바이트의 단점을 잘 아시는 거지. 그런데 보담아, 그래도 적당한 아르바이트는 괜찮지 않을까?"

재석이 보담을 보며 묻자, 보담이 프린트한 종이 한 장을 내밀었다.

"여기 관련 사연이 있어. 좀 특이한 경우라서 출력해 왔지. 얘는 전교 10등 안에 드는 앤데 아르바이트를 한대."

"뭐라고 쓰여 있어?"

저는 전교 10등 안에 드는 학생입니다.

하지만 제 미래의 꿈인 세계적인 경제학자가 되기 위해서는 현실 감각을 가져야 한다는 생각에 일주일에 3일 정도 동네에 있는 편의점에서 2시간씩 아르바이트하고 있습니다.

편의점에서 일하면서 내가 왜 공부를 열심히 해야 하는지, 그리고 경제가 어떻게 돌아가는지를 더 잘 알게 되었습니다. 부모님도 처음에는 공부에 방해된다며 걱정을 하셨지만, 저는 오히려 아르바이트를 하면서 성적이 더욱 올라갔습니다. 아마도 공부를 해야 하는 이유와 시간 관리 하는 법을 깨달았기 때문인 것 같습니다.

"이야, 적당히 알바하는 건 성적과 별 상관이 없네. 전교 1등인 보담이 넌 어떻게 생각해?"

"나도 동감이야. 내가 공부만 할 것 같지만 나는 너희들과 이렇게 만나기도 하고 여행도 가고 취미 활동도 하잖아."

"그래도 넌 법전 들여다보는 게 취미라면서?"

"응. 처음에는 법전을 들여다보면 공부도 되고 한자도 익힐 수 있어서 좋았어. 꼭 법조인이 되겠다는 결심을 하게 되면서 공부하는 목표도 생겼지. 그렇지만 학생이라고 24시간 공부만 할 수는 없잖아. 이렇게 너희와 만나서 이런저런 경험을 하다 보면 공부할 때 집중이 더 잘돼. 아르바이트를 적당히 한다면, 공부에 크게 지장을 받진 않을 것 같아."

재석이 생각에 잠긴 얼굴로 말했다.

"하지만 공부와 다른 활동을 적절히 분배하기가 말처럼 쉽지 않잖아. 부모님이나 선생님, 주변 어른들의 도움이 필요하지 않을까? 내가 공부는커녕 사고만 치고 다닐 때는 우리 엄마가 먹고산다고 한창 바쁠 때였어. 아침 일찍 나갔다가 저녁 늦게 들어오셔서 나한테 신경을 거의 못 쓰셨지. 물론 잘못된 선택을 한 내 책임이 가장 크지만, 그때 엄마가 나를 조금만 더 살펴주셨다면 내 선택이 달라지지 않았을까? 아르바이트를 하느냐 안 하느냐가 아니라, 그 시간을 어떻게 관리하느냐가 중요한 문제 같아."

한때 일진이 되어 아이들을 괴롭힌 것에는 엄마와의 관계

설정도 원인 가운데 하나라고 재석은 생각했다. 자녀에 대한 부모의 관심이 어떠하느냐에 따라 문제가 발생하기도 하고 이미 일어난 문제가 해결되기도 하는 거였다.

"아야, 결론은 났어."

민성이 아니라는 듯 검지손가락을 저으며 고개를 흔들었다.

"사람마다 다르고, 또 그때그때 다 다른 거야."

"응? 그게 무슨 소리야?"

"봐봐, 공부 잘하는 애들은 아르바이트하면서 시간을 더 아껴 써서 공부를 잘하게 되었다잖아. 그리고 집안 형편이 어렵다고 해서 다 막 나가는 것도 아니잖아. 수경이 같은 애들은 돈 벌겠다고 알바하면서 오히려 정신 똑바로 차린 거고. 단순히 알바하는 게 좋다, 나쁘다고 말할 수는 없어. 개인 환경이나 성향에 따라 다른 거 아니겠어?"

"알바를 하든 안 하든, 한마디로 정신 바짝 차리라는 거네?"

향금이 민성의 말에 동조하듯 말했다.

"그래, 호랑이한테 물려 가도 정신만 차리면 산다잖아. 내가 중심을 지키면 긍정적인 영향과 부정적인 영향을 다 조절할 수 있겠지."

"당연하지. 그런데 그게 잘 안 되니까 청소년 아니겠냐? 아무튼 이런 자료가 도움이 되겠어. 몇 가지 대표적인 사례를 정리해 보자."

잠시 감상에 젖었던 재석이 다시 마음을 추슬렀다.

"민성아, 수경이 일과 보담이가 정리해 온 몇 가지 사례를 기자님에게 제보하자."

"그래, 내가 엑셀로 만들어 왔으니까 연락처랑 이거 다 기자님에게 넘겨."

보담은 깔끔하게 정리한 자료를 민성에게 건네주었다.

"좋아, 내가 바로 보낼게."

민성은 카톡으로 김명석 기자에게 엑셀 파일과 실태 조사한 PPT 파일, 연락처 등등을 보냈다.

이때 재석이 의미 있는 질문을 던졌다.

"야, 그런데 도대체 돈이 뭐길래 다들 이 난리일까? 온 세상이 돈 번다고 난리니……."

순간 아이들은 모두 할 말을 잃었다. 재석이 근본적인 문제를 건드렸기 때문이다.

돈이 빛날 때

일요일 오후인데도 강남역에는 사람이 많았다. 재석은 전철역에서 빠져나오자 빽빽한 사람들 무리를 뚫고 보담의 집쪽으로 걸었다. 하늘을 찌를 듯 서 있는 보담이네 아파트가 저만치에 보였다. 들고 있는 쇼핑백에는 작은 선물이 담겨 있었다. 엄마가 보담과 부라퀴에게 주라고 정성껏 만든 목도리와 조끼였다.

선물은 받는 것보다 주는 것이 더 기쁘다고 했던가. 재석의 가슴은 설렘으로 약간 흥분되었다.

"어어!"

지나던 행인들이 한쪽으로 비켜서며 낮은 탄성을 질렀다. 폐지를 잔뜩 싣고 가던 리어카가 방지턱을 넘다가 짐을 우르르 쏟은 거다. 허름한 옷차림의 구부정한 할아버지가 이를 돌아보고 선 채 난감한 표정이었다. 재석은 재빨리 다가가 땅에 쏟아진 박스를 주우며 할아버지의 안색부터 살폈다.

　"할아버지, 가만히 계세요. 제가 다시 실어드릴게요."

　"고마워, 학생."

　재석은 선물을 담은 쇼핑백을 옆에 내려놓고는, 박스들을 주워 다시 차곡차곡 얹어 무게중심을 잡고 아이들 줄넘기로 만든 플라스틱 끈으로 단단히 고정했다.

　"학생, 고맙네."

　"할아버지, 어디까지 가세요?"

　"저 골목 뒤로 가면 고물상이 있어. 그쪽으로 가는 거야."

　"제가 밀어드릴게요."

　재석은 쇼핑백을 챙겨 들고 조심스럽게 할아버지의 리어카를 밀었다. 민다기보다는 좌우 한쪽으로 쏠리지 않도록 균형을 잡아주는 것이었다. 고물상이 저만치 보이자 할아버지가 말했다.

　"이제 나 혼자 갈 수 있어. 학생, 정말 고마워."

　"네, 안녕히 가세요."

할아버지가 고물상 안으로 무사히 들어가는 모습을 지켜보고 서서 재석은 생각했다. 으리으리한 건물이 빼곡한 화려한 강남에서 이토록 힘들고 가난한 노인은 대체 어디에 살까, 왜 인간은 공평하게 살 수 없을까, 세상에 돌아다니는 그 많은 돈은 다 어디로 갔을까.

큰길로 나와 얼마나 걸었을까, 저만치에서 붉은색 후드티를 입은 보담이 재석을 발견하고 달려오면서 손을 흔들었다.

"재석아, 여기야!"

"보담아!"

재석도 반갑게 달려갔다. 평상복 차림의 보담이 발랄한 표정으로 재석 앞에 바짝 와서 섰다. 순간 재석은 얼굴이 화끈거렸다.

"기다리다 심심해서 나왔어."

재석에게서 '선물을 가지고 간다'는 문자를 받고 보담은 그때부터 기다리고 있던 것 같았다. 보담의 샴푸 향이 부드럽게 재석의 코를 간지럽혔다. 재석이 얼른 선물을 내밀었다.

"어머, 고마워. 선물은 집에 가서 개봉해도 되지? 아, 정말 기대된다."

보담은 사실 선물보다 재석이 모처럼 자기 집에 온다는 게 더욱 기뻤다.

둘은 이런저런 얘기를 나누며 마침내 아파트 입구를 지나 엘리베이터를 탔다.

"할아버지 잘 계시지?"

"응, 너 오길 기다리셔."

현관의 디지털도어락을 열고 보담이 먼저 들어가며 외쳤다.

"할아버지! 재석이 왔어요."

집에는 여전히 묵향이 돌고 있었다. 서예실로 쓰는 방에 들어가니 부라퀴가 휠체어에 앉아서 재석을 눈빛으로 맞아주었다.

"할아버지, 오랜만에 뵙습니다."

재석은 그 자리에서 넙죽 엎드려 큰절을 올렸다.

"그간 안녕하셨어요?"

휠체어에 앉은 채로 재석의 큰절을 받은 부라퀴는 미소를 지으며 고개를 끄덕였다.

"재석이 오랜만이다. 그새 청년이 다 되었구나."

"하하, 감사합니다."

"거실로 가자."

재석이 휠체어를 밀고 거실로 나가니 보담이 준비한 음료와 과일을 내왔다.

"공부 잘하고 있느냐? 글도 잘 쓰고?"

"네, 할아버지. 열심히 하고 있습니다."

"요즘은 뭐에 관심을 두고 있느냐?"

부라퀴의 질문은 이렇게 항상 단도직입적이다.

"돈에 대해서요."

"돈? 많이 벌려고?"

"아니요. 그게 아니고 요즘 주변에 돈 때문에 고통받고 힘든 사람이 많은 것 같아서요. 아까도 오는데 박스와 폐지를 리어카에 잔뜩 싣고 가는 할아버지가 힘겨워 보여서 가슴이 아팠어요. 뭐든 넘쳐나는 시대인데도 힘든 사람들은 왜 여전히 많을까요? 이 세상 돈은 다 어디에 있을까 싶어요."

"허허 녀석, 제대로 보긴 했구나. 우리나라 사회복지가 잘되어 있었으면 그런 노인들도 없겠지. 돈 많은 사람들이 좀 더 나누고 베푸는 자세가 중요하단다. 돈은 그런 데 쓰는 거지. 옛말도 있지 않냐? 개처럼 벌어서 정승같이 쓴다고. 힘들게 번 돈을 쓸 때는 보람 있게 써야지."

"하지만 다들 개처럼 버는 데만 혈안이 된 거 같아요. 정승처럼 쓰는 사람은 못 본 것 같아요."

보담이 곁에서 말했다.

"미국의 부자들은 세금을 더 내게 법률을 개정하라고 했대. 기부도 많이 하고."

그러자 부라퀴가 고개를 끄덕이며 설명했다.

"돈 많이 번 사람이 세금을 많이 내는 게 맞는 일이지. 도덕적으로 경제적으로 부자들은 책임이 있어. 국가나 사회 덕에 돈을 번 거니까. 워런 버핏이나 빌 게이츠가 재단을 만든 것도 같은 의미란다. '노블레스 오블리주'지."

"그런데 기부하는 게 세금 내는 것보다 더 좋지 않을까요? 왜 굳이 세금을 올리라고 하죠?"

재석은 이해할 수 없어 고개를 꼬며 말했다.

"그래, 그렇겠지. 기부하는 건 자발적으로 하는 거니까 의무적으로 내는 세금보다는 나아 보이지. 하지만 미국의 복지 제도라고 완벽한 게 아니란다. 절대 빈곤층이 많은 나라 역시 미국이란다."

"예? 미국은 부유한 나라잖아요?"

"하지만 빈부격차 또한 아주 심하지. 오히려 북유럽이 복지 제도가 잘돼 있어 빈부격차가 적은 편이다. 왜 그런지 아냐?"

"국민들이 세금을 많이 내서 그렇잖아요?"

보담이 잘 안다는 듯 끼어들었다.

"맞아. 북유럽은 전반적으로 세금이 높은데, 특히 소득이 높을수록 세금이 많아서 부자들이 따로 기부할 필요가 없지. 하지만 미국은 세율이 높지는 않지만 소득 불균형이 아주 심하거든. 그러니까 이대로 두면 큰일 나겠다 싶어서 부자들이 세금을 더 내서라도 불균형을 줄이자는 거지. 사회가 불안하면 자신들의 돈벌이에도 지장이 있거든. 아까 네가 봤다는 박스 줍는 할아버지 같은 사람을 잘 돌보려면 나라에 돈이 많아야 해. 복지 제도의 운영 책임을 나라에서 지고 있으니까. 너희, 선진일류국가가 되려면 뭐가 있어야 되는지 아느냐?"

"글쎄요? 경제력 아닐까요?"

"맞아, 경제력이 있어야 국민이 고르게 잘 살아. 국민들이 모두 열심히 일하고 돈 잘 벌고 세금 잘 내서 안정적으로 세금이 조달되는 나라가 선진국이란다. 많이 번 사람은 세금도 많이 내는 나라, 그런 나라가 좋은 나라야. 사회복지가 잘되어 있다면 폐지 줍는 할아버지도 여유 있게 생활할 거고, 그게 기업 입장에서는 다 새로운 매출이고 성장이지."

재석은 순간 깨달았다. 돈은 바로 그러한 선한 의도로 처음 생겨났을 것이다.

"할아버지, 뭔지 알겠어요. 지금까지는 돈을 어떻게든 많이 벌어 맘껏 쓰겠다는 생각밖에 못 했어요. 어디에 어떻게 쓰느냐를 고민해야 돈도 빛이 나겠네요."

깨달음을 얻은 것 같았다. 일을 하고 돈을 모으는 일은 더나은 사회를 위한 투자와 나눔을 위한 것이어야 했다. 그렇게 써야만 돈의 노예가 되지 않고 돈의 순기능을 살리며 돈버는 일을 기쁘고 보람되게 만들 수 있을 터였다. 부라퀴와한참 이야기를 나눈 뒤 재석은 보담과 함께 방으로 갔다.

"여기 앉아."

보담은 재석이를 앉히고 재석의 엄마가 선물로 준 목도리를 꺼내 둘렀다.

"재석아, 나 예뻐?"

"응, 잘 어울려."

엄마가 떠준 핑크색 목도리를 두른 보담의 얼굴이 환하게빛났다.

엄마는 자신의 시간과 정성을 들여 목도리와 조끼를 떠서주변 사람들에게 기쁨을 주었다. 힘들게 번 돈이지만 누군가를 위해서 요긴하고 의미 있게 쓴다면 참 아름다운 일이었다. 같은 실이어도 질기게 꼬아서 사람을 죽이는 교수형 밧줄이 될 수도 있고 사람을 살리는 구명줄이 될 수도 있지 않은가. 같은 이치였다.

"참, 재석아, 수경이 어때?"

갑자기 보담의 질문이 훅 들어왔다.

"뭐가?"

"수경이 착해지니까 괜찮지? 돈도 열심히 벌려고 하고, 뭔가 새로운 걸 하려고 애쓰잖아."

순간 재석은 눈치껏 현명하게 답변해야 함을 깨달았다.

"아직 더 정신 차려야지. 나를 봐, 여태 이렇게 정신 못 차리고 있잖아."

보담은 슬쩍 재석의 얼굴을 살피더니 환한 얼굴로 말했다.

"넌 옛날의 재석이가 아니야. 완전히 멋진 내 친구야."

보담이 부드러운 손으로 재석의 머리를 귀엽다는 듯 헝클었다.

"야, 왜 이래? 내 머리! 남자의 자존심이야."

"어이구, 그래? 그럼 더 망가뜨려야지. 호호호!"

재석은 안도의 숨을 내쉬었다. 스핑크스의 수수께끼를 무사히 통과한 것 같았다.

사건

재석은 오늘 강남의 한 대형 서점에서 친구들을 만나기로 했다. 서점은 재석의 마음을 항상 설레게 했다. 친구들보다 먼저 도착한 재석은 소설 코너에 가서 이런저런 책들을 열심히 들춰 보았다. 요즘 무슨 책들이 나왔나 살펴보는 것만으로도 글 쓰는 데 자극이 되었다. 작가가 되려면 좋은 책을 많이 읽고 남들이 무슨 책을 썼는지 항상 관심을 가져야 한다는 이야기를 읽은 적이 있었다. 세상은 넓고 작가들은 정말 많았다.

은은한 음악과 책 향기 속에서 재석은 이 책 저 책 넘겨보면서 내용은 물론이고 문장도 살펴보았다. 톡톡 튀는 어투에 정통적인 글귀까지 매력적인 문장과 단어가 재석을 유혹했다.

'어떻게 하면 이렇게 쓰지?'

재석은 마음이 급해졌다. 자신의 책이 서점에 놓이는 날이 올 때까지 얼마나 먼 길을 가야 할까? 재석이 존경하는 고청강 작가는 등단하는 데 12년이나 걸렸다고 하지 않았던가.

'우와, 12년을 어떻게 견뎠을까?'

재석은 고청강 작가의 새로 나온 책도 들춰보고 있었다.

건물주가 되겠다는 목적을 가지고 사는 사람들을 만난 적이 있다. 그들의 화제와 관심사는 오로지 돈이었다. 책도 교양도 지식도 문화도 돈이 안 되는 것들이라면 관심 밖의 대상이었다.

그들에게 돈은 수단이 아니라 목적이었다. 그들과 대화를 나누며 나는 절망을 느꼈다.

세상에 다양한 사람들이 섞여 산다는데 나는 그 느낌을 그들에게서 처음 받았다. 내가 잘못 산 걸까? 그들이 잘못 살고 있는 걸까? 확실한 건 나는 그렇게 살고 싶지 않다는 거다.

고청강 작가의 글은 재석의 요즘 고민을 훤히 알고 있기라도 한 듯 그렇게 폐부를 찔렀다.

잠시 후 재석은 도서 검색 컴퓨터에 가서 황재석을 쳐보았다. 황재석이라는 이름의 작가는 아직 없었다.

'내가 1번으로 이곳에 이름을 올려야겠어.'

재석이 마음에 드는 책 표지의 사진을 핸드폰으로 찍고 있는데, 갑자기 전화가 왔다. 수경이었다.

"재석아, 도와줘!"

울음 섞인 다급한 목소리였다.

"왜, 무슨 일이야?"

"나 그 식당에 왔는데, 여사장이 나를 막 때리고 그래."

"뭐? 잠깐만 기다려."

재석은 황급히 가방을 챙겨 지하에 있는 서점에서 뛰쳐나갔다. 다행히 걸어서 가도 될 정도의 거리에 식당이 있었다.

재석은 질주했다. 어떤 일이 있어도 사람을 때린다는 건 용납할 수 없는 일이었다. 사람에게 폭력을 쓰고 다녔던 과거를 통렬히 반성하는 재석이 아니던가.

내용증명 보내는 일은 그동안 계속되고 있었다. 두 번째 보내고 세 번째까지 보낸 뒤 그대로 답장을 기다리고 있던 참이었다.

사장은 욕설 담긴 문자를 보낸 뒤로는 묵묵부답이었다. 모른 척 무시하기로 전략을 바꿨나 보다고 여기고 있었는데, 갑자기 수경이 울면서 전화를 하니 재석이 놀랄 수밖에 없었다.

식당 앞에 갔더니 수경이 한쪽 구석에서 거친 숨을 몰아쉬며 분을 삭이고 있었다. 그건 과거에 일진으로 이름을 날리던 수경의 모습이 아니었다. 냉혹한 현실에 저항하는 평범한 고등학교 2학년 여학생일 뿐이었다.

"다쳤어? 어디 들어가서 기다리지."

"재석아!"

자리에서 일어난 수경의 눈가가 살짝 젖어 있었다.

"설마, 너, 울었냐?"

"아냐, 울긴 누가 울어!"

과장되게 부인하는 게 더 이상했다.

"하긴 일라이자의 짱이 가오 빠지게 그럴 리 없지."

재석은 긴장을 풀어주려고 일부러 농담을 했다. 길거리에서서 재석은 수경의 이야기를 들었다.

식당 사장에게 받아야 할 돈을 생각하다가 수경은 차라리 반이라도 달라고 해보면 어떨까 싶었다. 돈이 없어서 못 주는 거라면 반만 받겠다고 하면 주지 않을까 했던 것이다. 그래서 사장을 직접 찾아가 이야기를 꺼냈다.

"저, 사장님, 제 알바비 반이라도 주세요. 그러면 합의서에

도장 찍고 없던 일로 할게요."

사장은 수경을 쳐다보지도 않고 들은 체 만 체였다. 그때 주방에 있던 사장의 아내, 여사장이 뛰쳐나왔다.

"뭐? 내용증명을 그렇게 보내더니 이제 와서 반이라도 달라고? 어린것이 발랑 까져서는 어디서 못된 것만 배워가지고 건방을 떨더라니! 못 줘! 소송 걸 테면 걸어! 이 나쁜 계집애야!"

다짜고짜 새된 소리로 욕을 날렸다. 수경은 순간 울컥했지만 흥분해서 얻을 건 없다는 생각에 애써 화를 참았다.

"그러지 말고 반이라도 주세요. 우리 오빠 등록금에 보태려고 그래요. 나머지 반은 안 받아도 돼요. 사장님하고 더 싸우기 싫어요."

"필요 없어. 한 푼도 못 줘!"

그때 식당으로 한 노인이 들어왔다.

"이게 뭐냐? 웬 소란이냐?"

사장이 당황한 듯 노인을 맞았다.

"아, 아버지. 아무것도 아니에요. 올라가세요."

노인은 욕심 사납게 생긴 얼굴로 수경이를 위아래로 훑어보았다.

"왜 어린애가 영업을 방해하고 그래? 장사 안 되게."

"아버님, 올라가 계세요. 저희가 해결할게요. 알바하던 앤데 아주 생떼를 쓰네요, 봐주니까."

노인이 사라지자 여사장은 더욱 독이 올랐다.

"여튼 재수 없는 년이야. 하필 아버님 오셨을 때 와서는……. 야, 나가! 안 나가?"

여사장은 수경의 등짝을 사정없이 때리며 쫓아냈다.

"왜 때려요? 이거 가만 안 있을 거예요!"

밖으로 쫓겨 나온 수경은 서러웠다. 하지만 이대로 꺾일 수는 없었다. 돈을 받지 못한 것도 억울한데 두들겨 맞으면서 쫓겨나다니, 오기가 북받쳤다. 준오 오빠에게 이야기하면 더 화를 낼 것 같고, 전화 걸 사람은 재석이밖에 없었다. 문득 이럴 때 엄마 아빠가 있었더라면 이런 설움은 당하지 않았을 거라는 생각에 울컥했다.

재석은 수경의 마음을 읽을 수 있었다.

"수경아, 가만히 있어 봐. 내가 가서 이야기해 볼게."

재석은 치솟는 흥분을 애써 가라앉히며 식당 문을 열고 들어갔다. 한 노인이 깐깐한 얼굴로 탁자 하나를 차지하고 앉아 있었다. 수경이 말한 노인 같았다. 그런데 그 앞에서 사장 부부가 쩔쩔매는 것이 아닌가.

사장 부부가 문 열리는 소리에 고개를 돌렸다.

"사장님, 왜 사람을 때립니까?"

"쟤는 또 누구냐?"

땅딸막하고 눈이 가느다란 노인이 물었다.

"아버지, 저, 아무것도 아니에요. 이제는 뭐, 그니까 상관도 없는 불량 학생들까지 찾아와서 깽판을 치고 그러네요."

사장이 서둘러 얼버무렸다. 노인에게 진실을 숨기고 싶어 한다는 느낌을 재석은 강하게 받았다.

"불량 학생이요? 아저씨야말로 불량 고용주 아닙니까? 누가 악덕업자 아니랄까 봐 아이들 알바비 떼어먹고 안 주시는 겁니까? 어린애 뺨에 붙은 밥풀을 떼어 드세요. 부끄러운 줄 아셔야죠. 그리고 동냥은 못 줄망정 쪽박은 깨지 말라고, 사람을 때리면 어쩝니까!"

"네가 애를 때렸나?"

노인이 사장을 바라보며 물었다.

"아니, 그게 아니고, 그러니까……."

선뜻 대답을 못 하는 사장을 보며 재석은 얼른 노인에게 물었다.

"근데 할아버지는 누구세요?"

"나? 이 건물 주인이다. 그러는 학생은 누군가?"

"저는 황재석이라고 합니다. 저기 밖에 있는 제 친구가 여기서 알바를 하고 밀린 임금을 못 받았어요. 아드님이……."

"야, 조용히 안 해? 이 자식아!"

사장이 당황해서 재석이에게 삿대질을 하며 을러멨다.

"어린 청소년 부려 먹고 끝끝내 돈을 안 주고 있는 겁니다, 아드님이. 어른이 돼가지고 참……."

눈 하나 깜박하지 않고 할 말을 다 하는 재석의 어깨를 밀치며 사장이 눈을 부라렸다.

"말로 할 때 조용히 나가라, 인마."

"왜요? 수경이 때린 것처럼 나도 치시게요?"

사장은 분을 못 이기고 주먹을 들어 재석의 배에 훅을 먹였다. 하지만 식스 팩도 아니고 딴딴하게 에이트 팩으로 단련된 재석의 배를 어설프게 쳐봤자 아무런 충격을 줄 수 없었다.

하지만 배를 한 대 얻어맞자 재석의 방어 본능이 살아났다. 재석은 자신도 모르게 원투펀치를 덩치 큰 사장의 관자놀이에 그대로 꽂아버렸다.

"윽!"

사장은 뒤로 벌러덩 나가떨어져 대자로 뻗었다.

"어머, 이 자식이!"

옆에 있던 여사장이 프라이팬을 들어 재석의 머리를 힘껏

쳤다. 그러자 노인도 들고 있던 지팡이를 휘두르며 외쳤다.

"이눔의 자식이, 어디 우리 아들을!"

재석은 지팡이를 팔로 막으며, 다른 손으로 자신의 머리를 강타한 프라이팬을 냅다 빼앗아 던졌다.

그새 쓰러졌던 사장이 벌떡 일어나 재석의 멱살을 잡고 주먹을 휘둘렀다. 식당은 삽시간에 난장판이 되고 말았다.

건물주와 아들

"저는 정당방위를 했을 뿐입니다. 저 아저씨가 먼저 때렸어요. 게다가 프라이팬으로 맞아서 지금 제 머리에 혹 난 거 보이시죠?"

"어린놈이 건방지게!"

강남경찰서 취조실에서 여사장이 히스테릭하게 소리를 질렀다.

"아주머니, 조용히 좀 하세요!"

조서를 꾸미던 형사가 주의를 주었다. 그러자 이번에는 식당 사장이 나섰다.

"형사님, 저것들, 고등학생이 아니라 순 사기꾼입니다. 어린 것들이 돈밖에 몰라요. 저 여자애는 식당에 알바로 들어와서는 빈둥빈둥 시간만 때우더니 나중엔 터무니없이 많은 임금을 달라는 겁니다. 혼자 책임지고 일하기로 해놓고 제대로 하지도 않으면서 무단결근한 주제에 말이죠. 지금 며칠째 저희를 괴롭히는지 모릅니다. 무슨 내용증명까지 보내고 말이죠."

"내용증명이 왔어요?"

모니터를 보던 형사가 고개를 들었다. 중요한 증거서류라고 생각한 모양이었다. 그러자 식당 사장은 괜히 말했나 싶었는지 살짝 당황한 기색이 되었다.

"네."

"그러면 이렇게 사건 만들지 말고 변호사하고 얘기해야 할 거 아닙니까?"

곁에 있던 건물주이자 사장의 아버지인 노인이 나섰다.

"형사 양반, 여기 경찰서장이 박무병 총경 아니오?"

높은 사람 이름을 대서 편의를 보려는 케케묵은 수법이었다. 하지만 재석은 돌아가는 상황을 보며 내심 당황했다. 조서를 불리하게 꾸미게 되면 큰일이었다.

노인의 의도가 뻔한데도 형사가 공손히 대꾸했다.

"네, 영감님, 맞습니다."

"그 박 총경, 나하고 형 동생 하면서 친하게 지내는 사이오."

"영감님은 누구신데요?"

"그 거부빌딩이 제 겁니다."

"아드님이 거기서 식당을 하는 겁니까?"

"그래요. 내 아들이 식당을 잘 운영하고 있나 어쩌나 싶어서 보러 왔더니 어디서 불량 학생들이 찾아와 행패를 부리고 있었소."

재석도 이 대목에선 가만있을 수 없었다. 용기를 내서 목에 힘을 주고 말했다.

"형사님, 당사자도 아닌 할아버지가 이렇게 말해도 되는 겁니까? 아니면 할아버지가 변호사입니까?"

형사가 재석을 보며 피식 웃었다.

"어허, 학생 제법 똑똑한걸. 영감님, 저기 가 계세요."

조사 시간 내내 재석과 수경, 그리고 식당 사장 내외는 서로 목소리를 높였다. 형사는 CCTV에 찍힌 내용을 보더니 양쪽을 따로따로 불렀다.

"학생, 학생은 보호자 없어? 어머니 오시라고 그래."

재석은 그 말이 세상에서 제일 듣기 싫었다. 가게에서 지금 뜨개질을 하면서 모처럼 마음의 평화를 느끼고 있을 엄마를 강남까지 오라고 하기가 죽기보다 괴로웠다. 하지만 어쩔 수 없었다. 휴대폰에 찍어둔 내용증명 사진을 형사의 번호로 보낸 뒤 전화를 걸었다.

"엄마, 여기 강남경찰서인데……."

"무슨 일 있니?"

엄마는 차분했다. 오랜만이기는 해도 예전에 이런 일이 한두 번도 아니었으니 놀라지 않을 만큼은 마음의 단련이 된 듯했다.

"어디 다쳤어? 엄마가 가봐야지?"

"다친 건 아니고요, 수경이가 알바했던 가게 사장하고 약간의 몸싸움이 있었어요. 경찰서에서 엄마 오시래요."

"알았다. 내 당장 가마."

엄마는 더 묻지 않았다. 형사가 이번에는 식당 사장을 불렀다.

"사장님, 내용증명을 보니까 임금을 주셔야겠는데 왜 안 주셔가지고 애들한테 이렇게 창피를 당하십니까? 그리고 지금 CCTV 보니까 먼저 구타를 하셨네요."

"아, 그건 살짝 경고성으로다가……."

"이게 살짝이에요? 에이, 있는 힘껏 때리신 것 같은데요.

이러시면 가해자가 됩니다. 왜 알 만한 어른이 애들한테 그러세요."

그러자 저만치 떨어져 앉아 있던 노인이 참지 못해 또 다가왔다.

"형사 양반, 저 녀석들, 아주 못된 놈들이니까 절대 용서하지 마시오. 어린놈들이 와가지고 행패를 부린 거라고요. 벌써부터 돈밖에 모르고 말이야!"

"영감님, 가만히 계세요. 자꾸 이렇게 끼어드시면 공무집행방해죄입니다."

형사의 단호한 말에 건물주 노인은 머쓱했는지 입을 다물었다.

재석의 엄마가 경찰서에 와서 사태를 수습하려고 했다. 하지만 건물주 노인과 그 아들 내외가 계속 오기를 부려 재석은 할 수 없이 변변, 변정식 변호사에게 전화를 걸어 도움을 요청했다.

변변은 사무실과 가깝다며 한달음에 달려와 형사와 이야기를 나누고 식당 사장과도 뭔가를 협의했다. 건물주 노인의 변호사라는 배 나온 중년의 아저씨도 왔다.

어른들이 이런저런 논의를 할 때 재석은 수경이와 함께 한쪽 대기실에서 멀뚱히 기다려야만 했다. 잠시 후 이야기를 마친 변변이 와서 재석이 엄마와 두 아이에게 말했다.

"끝까지 싸우면 쌍방과실이 될 수 있어요. 알바 비용을 못 받은 것과는 별개로 재석이와 수경이가 영업을 방해했고, 사장이 진단서를 떼겠다고 우기는 상황이거든요."

"변호사님, 어쩌죠?"

엄마가 걱정스러운 표정으로 물었다.

"어느 한쪽만 잘못한 게 아니고 양쪽 다 피해가 경미하니까, 각자 책임지는 걸로 하고 합의를 보는 편이 좋을 것 같아요."

"하지만 재석이는 머리를 다쳤잖아요."

수경이 미안한 마음에 기어 들어가는 목소리로 말했다.

"저쪽도 두통을 호소하고 있어. 재석이한테 맞아서 그렇다고."

자기 문제는 이 선에서 마무리하는 게 좋겠다고, 재석은 판단했다. 가벼운 타박상 정도 입은 걸로 더 길게 싸우고 싶지 않았다. 하지만 아직 해결하지 못한 문제가 있었다.

"수경이 알바비는 아직 주지 않았는데요."

"그건 지금 당장 어쩔 수 없어. 법원에서 해결할 일이야. 일단 오늘 문제부터 처리하자."

결국 재석과 식당 사장은 자신의 치료는 각자 알아서 하고, 추후에 이 문제를 더는 거론하지 않기로 합의하고 서류에 도장을 찍었다. 소위 말하는 훈방 조치였다.

재석과 수경, 그리고 재석이 엄마가 경찰서 정문을 나서자 이미 연락받고 와 있던 보담과 향금, 민성이 발을 동동 구르며 기다리고 있었다.

"재석아!"

"수경아, 괜찮아?"

아이들이 걱정스러운 얼굴로 다가왔다.

"너희들 왔구나."

"어머니, 많이 놀라셨겠어요. 괜찮으세요?"

아이들은 엄마에게 정중하게 인사했다.

"걱정해 줘서 고맙다. 재석아, 엄마는 먼저 가게 가볼게. 구청 공무원 뜨개질 팀이 퇴근 후에 오기로 했어."

"그래요? 네, 먼저 들어가세요."

엄마에게 미안해서 재석은 어쩔 줄 몰랐다. 하지만 엄마는 아무 일 없었다는 듯 택시를 불렀다. 솔직히 아들이 불미스러운 일로 경찰서에 온 게 아니라 오히려 자랑스러운 마음도 있었다. 다만 아들이 다칠 뻔한 일은 속상했다.

"엄마, 미안해요."

"죄송합니다, 재석이 어머니."

수경이도 눈물 흘리며 엄마에게 고개를 숙였다.

"아니야, 괜찮아. 나 같아도 못 참겠더라. 남의 귀한 아들, 귀한 딸에게 손을 대다니."

택시가 와서 섰다.

"재석아, 너무 늦지 마."

엄마는 5만 원짜리 지폐 한 장을 재석에게 건네주고 택시에 몸을 실었다.

그때 재석의 전화가 울렸다. 부라퀴였다. 보담이 전화해서 오늘 일을 모두 알린 모양이었다.

"재석아, 또 사고 쳤다고?"

"할아버지, 죄송합니다."

"아니다. 강남경찰서에 제자가 있어 자세히 알아보라 했더니, 그 사장이라는 놈이 악질이더구나. 훈방 조치 되었다니 다행이고, 그래도 어른에게 주먹질하는 건 안 좋다. 다시는 그런 일 저지르지 마라. 식당 아르바이트 비용 건은 원한다면 내가 도와줄 수도 있다."

"아니에요, 할아버지. 저희가 해결해 볼게요."

"그래? 그럼 몸조심하고. 그리고 돈에 대해서 알고 싶으면, 돈벌이 많이 해봤던 사람한테 가서 이야기를 들어봐. 돈에 대해서 공부하는 건 나쁘지 않으니까."

"네, 그럴게요."

멘토를 찾아보라는 거였다. 통화를 마친 재석이 풀이 죽어 있는데, 폰을 만지작거리던 민성이 갑자기 탄성을 질렀다.

"와, 얘들아! 우리가 제보했던 기자님이 문자를 보냈어."

아이들은 민성의 폰에 머리를 박을 듯 들여다보았다.

김민성 군,
보내준 자료를 토대로 취재, 촬영하고 있습니다.
곧 방송에 나갈 겁니다.
그 식당도 취재하러 갈 거예요.
연락처와 상호 좀 알려주세요.

"와, 정말 이제 꼼짝 못 하겠구나."

재석의 말에 수경이 한결 밝아진 얼굴로 물었다.

"나 이제 알바비 받는 거야?"

"응, 아마도."

아이들은 모처럼 홀가분해졌다. 보담이 기분 전환 할 겸 말했다.

"여기 우리 동네니까 내가 기가 막힌 맛집을 알아놨어. 가서 먹자."

"그래, 우리 엄마가 돈도 주셨잖아."

다섯 아이는 맛집을 향해 발걸음 맞춰 걸어갔다.

보도

1층에서 끊임없이 컨베이어 벨트를 타고 재활용 쓰레기들이 올라와 돌아갔다. 먼지 들어갈까 봐 방진 마스크에 고글까지 쓴 수경은 그곳에서 페트병 골라내는 일을 맡았다.

"너는 페트병만 골라. 딴 거 하지 말고."

"네."

목소리가 마스크에 걸려 작게 나왔다.

쓰레기 더미에 섞여 있는 플라스틱 병들은 정말 골라내기 힘들었다. 얼핏 봐서는 막걸리 병이 폴리에틸렌(PE) 재질인지 유리인지 구분이 되지 않았다. 가끔은 재활용 쓰레기에 음식물이 섞여 나와 냄새가 진동하기도 했다. 옆에서 작업하는 분들은 동시에 서너 종류의 품목을 맡아 분류하는 전문가들인데, 그 속도가 얼마나 빠른지 수경은 처음에 넋을 놓고 쳐다보면서 절로 감탄사를 연발했다.

1시간 내내 분류를 했는데도 커다란 마대에 수경이 담은 것은 반도 되지 않았다. 학교에 체험학습원을 제출하고 하루 종일 땀범벅이 되도록 일한 수경이 2층 컨베이어 벨트에서 내려오자 준오가 다가왔다.

"어때, 수경아? 힘들었지?"

수경이는 완전히 탈진했다. 악취까지 몸에 배어 구역질이 올라오고 어지러웠다.

"오빠, 죽겠어."

수경은 더 말을 잇지 못했다.

"이곳에서 매일 일하시는 분들도 있어."

"오빠, 내가 정말 세상을 몰랐어."

정말 많이 힘들었는지 수경이 울컥해서 목이 멨다. 수경은 화장실에 가서 대충 씻고 나왔다.

"오빠가 그동안 이렇게 고생하는 줄 몰랐어."

"그래도 나는 서류 작업만 하잖아. 저기 야외에서 분류 작업 하는 분들을 생각해 봐. 나는 아무것도 아니야."

수경은 오빠와 함께 경험 삼아 이곳 재활용 선별장에 체험 학습을 나왔다. 며칠 전 오빠와 밤새 이야기를 나누었던 것이다.

"수경이 너는 공부를 안 하겠다는 거잖아?"

"나 공부하기 싫어. 빨리 돈 벌 거야. 그리고 세상 경험도 하려고 아르바이트한 거야."

"세상 경험을 하려면 정말 제대로 된 일을 해. 그렇게 강남 식당에서 폼 잡으면서는 제대로 돈 벌 수 없어. 힘들게 돈 버는 사람들을 봐야 돈의 소중함을 알 수 있지."

"오빠, 식당 알바가 얼마나 힘든지 알아? 매일 그 무겁고 냄새 지독한 음식물 쓰레기 치워야지, 게다가 뜨거운 걸 나르다 화상을 입기도 한다고."

"식당 알바가 힘들다고?"

"그래. 식당 일만큼 힘든 일도 별로 없을걸?"

수경은 오빠가 자신의 수고를 전혀 몰라주는 것 같아 화가 치밀었다.

"돈 벌기가 얼마나 힘든지 제대로 한번 느껴볼래? 내가 일하는 재활용 선별장 와서 일 한번 해봐. 정신이 번쩍 들 거다."

"피, 그까짓 거. 나 얼마든지 해."

"그래? 정말이지?"

그렇게 해서 수경은 오기로 준오네 재활용 선별장에서 하루 체험을 하게 된 것이다. 준오는 미리 직원들에게 박카스를 한 병씩 돌리면서 부탁했다.

"하루만 동생보고 와서 일해보랬어요. 세상 경험 좀 시키게요."

"하하! 어린 학생이 이걸 하겠다고 해?"

"대단한걸!"

분류 작업을 하는 아저씨 아줌마들은 모두 웃었다.

"고등학생이 대단하네. 돈 버는 거 알면 좋지."

"아무렴, 젊어서 고생은 사서도 한다잖아."

"얼마든지 해보라 그래. 좋은 경험이지 뭐."

그렇게 해서 하루 현장 체험을 해본 수경은 완전히 세상 보는 눈이 바뀌었다.

재활용 선별장에서 체험한 뒤 집으로 돌아오면서 수경은 지친 기색이 역력했다.

"오빠, 나 먼지 많이 먹었으니까 삼겹살 사줘."

"삼겹살은 왜?"

"탄광 사람들은 일 끝나면 삼겹살로 목에 낀 먼지 닦아낸다잖아."

준오는 어이가 없었다.

"야, 여기가 탄광이냐? 어디서 들은 건 있어서……. 알았다, 먹으러 가자."

수경은 삼겹살을 먹는 자기만의 방법이 있었다. 상추와 깻잎에 고기 석 점과 마늘 다섯 개를 얹고 파절이와 된장을 듬뿍 싸서 입이 터지도록 한입에 쑤셔 넣는 거였다.

"넌 그게 뭐냐? 마늘 냄새 나게."

"이렇게 먹어야 제대로 고기 먹는 느낌이야. 이게 술안……."

수경은 말을 하려다 말았다. 일진으로 술 먹고 다닐 때 독한 소주 안주로 이렇게 먹으면 알코올과 마늘 냄새가 입 안에 강한 자극을 남겼다. 눈물이 핑 돌 정도로 아릿한 맛에 중독된 수경이었다.

삼겹살 식당의 낡은 브라운관 텔레비전에서는 뉴스가 마치 다른 세상 소식이라도 전하듯 공허하게 울려 퍼졌다. 그때 수경의 폰으로 향금의 문자가 날아왔다.

지금 29번 틀어봐.
우리가 제보한 거 나와.

얼마 전에 김명석 기자에게 제보하고 촬영에 협조했던 뉴스가 나오는 모양이었다.

"오빠 29번 틀어봐, 빨리빨리! 애들이 기자한테 식당 일을 제보했잖아. 나도 인터뷰했단 말이야."

기름때에 전 리모컨을 찾아 준오가 채널을 돌렸다. 기자가 강남의 식당가 앞에서 작은 무선 마이크를 들고 열심히 보도하고 있었다.

"장기간 불경기가 이어지면서 청소년들까지도 아르바이트 전선으로 내몰리고 있습니다. 제가 온 이 강남의 식당가에도 청소년 아르바이트생이 많이 근무하고 있습니다."

보도 프로그램은 청소년들의 취업 실태를 여러 가지 통계 그래픽으로 보여주며 문제점들을 짚어나갔다. 그러면서 이야기는 처우에 관한 내용으로 넘어갔다.

"이 식당에서 일했으나 밀린 임금을 아직도 받지 못하여 항의하고 있는 학생이 있다고 합니다."

화면은 비록 모자이크 처리 되었지만 수경이라는 걸 알 수 있는 여학생의 얼굴로 바뀌었다.

"오빠, 저거 나야, 나!"

수경이 갑자기 큰 소리로 말하자 식당에 있던 사람들은 고개를 돌려 화면을 보다 수경의 얼굴을 보았다.

"저는 한 달 반이나 일했는데 임금을 받지 못했어요. 돈을 받으려고 내용증명을 보냈지만 주인은 무시했고, 찾아가면 오히려 저를 위협하고 협박했어요."

수경은 제법 논리적으로 자신의 주장을 차분하게 이야기했다. 기자는 돌아서서 카메라를 보며 말했다.

"네, 이 학생은 식당 사장의 약속 파기로 아직까지 밀린 임금을 받지 못하고 있습니다. 제가 한번 들어가서 어찌된 영문인지 알아보도록 하겠습니다."

기자가 방송국 카메라를 들고 가게 안으로 들어가자 역시 모자이크 처리 된 얼굴의 식당 주인은 깜짝 놀라는 표정이었다. 모자이크 처리 된 채로 그는 우격다짐으로 기자를 밀어내며 다짜고짜 쌍욕을 퍼부었다.

"나가세요! 당장 나가라고! 신고할 거야! 기자면 다야? 이런 카메라만 들고 오면 다냐고! 우리는 인터뷰 안 해!"

보도 화면을 보던 준오는 순간 얼굴이 굳었다. 속에서 울화가 치밀었지만 차마 동생 앞에서 욕을 할 수는 없었다. 수경도 인터뷰 당시의 분노가 다시 떠올랐지만 애써 참았다. 오빠가 흥분할까 봐 걱정되었던 것이다. 준오의 손이 부들부들 떨리고 있었다.

"오빠, 괜찮아?"

"응. 뻔뻔한 얼굴을 보니 좀 열받네."

준오는 애써 참으며 방송을 끝까지 다 보았다. 기자는 마지막으로 강남의 식당가를 배경으로 클로징 멘트를 날렸다.

"청소년들의 아르바이트는 건전한 사회 경험이기도 하므로 어른들의 따뜻한 관심과 배려 아래서 이루어져야 합니다. 사회 경험을 쌓으면서 돈의 소중함을 알 수 있도록 노동의 대가를 정당하게 지불하지 않는 한, 왜곡된 노동 시장으로 인해 청소년들이 사회의 어두운 면부터 배우고 사회로 진출할 우려가 있습니다. 이상 MTN 김명석 기자였습니다."

수경과 준오는 한동안 말없이 서로의 얼굴만 바라보았다.

쏟아지는 문자들

"와!"

보도가 끝나자 향금이네 집에 모여 텔레비전을 보던 재석과 민성, 그리고 보담이까지 모두 박수를 쳤다.

"와, 기자님이 보도 잘하네."

"우리가 드린 자료를 많이 이용했어."

"수경이 얼굴에 모자이크를 해서 아깝다."

향금은 그 사실이 못내 아쉬운지 말했다. 아이들은 방금 끝난 그 보도를 다시보기 하며 감상했다.

"야, 이거 친구들에게 퍼 나르자. 우리가 이런 거 했다고 알려주면 대박이잖아?"

"그래. 아이들에게 알바가 얼마나 힘든지도 알게 하자고."

네 아이는 그 즉시 방송된 것에 링크를 걸어서 각종 단톡방과 SNS에 올렸다. SNS를 모두 다 하는 민성이 제일 바빴다. 페이스북과 인스타그램, 카스와 블로그 등등에 마구 올리며 아이들은 자신들이 스스로 일인미디어가 되었음을 실감했다.

민성은 직설적인 문구를 실었다.

야, 이거 우리가 취재, 제보한 건데 드디어 보도됐어.

알바생 돈 뜯은 놈들은 이제 다 죽었어.

https://1234550/errtt.leerlk.123123143

재석도 퍼 날랐다.

아무리 청소년들이라고 해도 어른들에게 일방적으로 당할 순 없지.

이 프로그램 시간 날 때 한번 봐.

알바에 대해서 생각하는 게 있을 거야.

https://1234550/errtt.leerlk.123123143

이런 식으로 네 명이 퍼 나르자 SNS에 '좋아요' 수가 늘어나고 댓글도 다양하게 달렸다.

- 야, 역시 재석이 짱이야!

- 향금아 멋있어. 너는 멋진 친구들이 있어 좋겠다.

- 너희들 존경해!

"야, 이거 애들 반응 많이 온다. 선생님들이랑 주변에 더 알리자."

"그래."

재석은 부라퀴에게 링크를 걸어 문자를 보냈다.

> 할아버지 안녕하세요?
> 방송에 저희들이 제보한 게 나왔어요.
> 시간 나실 때 한번 보세요.

그리고 김태호 선생에게도 보냈다.

> 선생님.
> 방송국에 제보했더니 이렇게 보도되었습니다.

김태호 선생에게는 바로 답장이 왔다.

정말 대단하구나.
방송에 기사 하나 내는 게 얼마나 힘든데.
역시 우리 제자 재석이 맞다.

아이들의 문자가 사방에서 울리느라 휴대폰에 불이 날 것
만 같았다. 처음에는 축하하고 격려하는 문자들이었다. 그런
데 시간이 지나면서 이상한 성격의 문자들이 오기 시작했다.

보도 자료를 올린 재석이니?
나는 금천여고에 다니는 이민정이야.
나도 알바하다가 돈을 뜯겼어.
도움을 좀 줘. 너희들 어려운 일 있으면 도움을 준다면서?
꼭 부탁해.

보담아,
우리 언니가 대학생인데 알바하다가 돈을 못 받았어.
근무 조건도 너무 나빴고,
처음 근로 계약 한 사항도 위반했다고 그래.
이거 어떡하면 좋니?
도움을 줄 수 있어?

사방에서 도움을 달라는 문자들이 날아오기 시작했다. 네 아이는 당황했다.

　"야, 이거 어떡하지? 우리는 이런 일을 해결할 능력이 없는데."

　생각보다 알바하느라고 고통받은 사람들이 많다는 사실을 알게 되었다.

　"왜 이렇게 애들이 알바를 많이 하는 거지?"

　"그야, 돈이 필요해서 그렇지."

　"야, 알바해서 큰돈을 못 벌잖아."

　"내 말이 그 말이야."

　그때 부라퀴에게서 답이 왔다.

> 재석아, 잘했다.
> 세상에 대한 관심은 지식인의 의무이니라.
> 계속 정의의 편에 서라.
> 너를 응원하마.

　"할아버지가 문자를 보내셨어."

　아이들은 부라퀴의 문자를 보며 감격했다. 부라퀴는 재석뿐만 아니라 네 아이 공통의 멘토였다. 곧이어 띵동 하며 부라퀴에게서 다시 문자가 왔다.

들여다본 재석은 탄성을 질렀다.

"우와! 선물이야. 할아버지가 보내셨어."

부라퀴가 피자 쿠폰을 재석의 휴대폰으로 보낸 것이었다.

"할아버지! 감사합니다."

부라퀴는 통 크게 아이들이 먹으라고 피자 10판을 보내주었다. 피자를 고르며 아이들이 뭘 먹을까 시끌벅적할 때였다. 갑자기 수경이의 문자가 단톡방에 떴다.

> 나한테 이런 문자가 왔어. 어떡하면 좋아.

문자는 수경이 돈을 받지 못한 식당 사장이 보낸 것이었다.

> 너희들 가만히 안 둔다.
> 어린것들이 보자 보자 하니까
> 식당에 기자를 오게 만들어?
> 내가 가만두지 않을 거야.
> 밤에 뒷골목 다닐 때 조심해라.
> 어린것들이 머리에 피도 안 말라가지고.
> 이대로 넘어가지 않는다.
> 우리 가게를 쑥대밭으로 만든 대가를 받게 될 거야.
> 기다려라!

아이들은 모두 그 문자를 보고 경악하지 않을 수 없었다.

"이건 우리 힘으로 해결이 안 되겠다. 어떡하지?"

그때 냉정한 보담이 고개를 끄덕이다 말했다.

"이런 협박 문자에 겁먹을 건 없어. 일단 수경이한테 문자 온 거 잘 캡처해 놓으라고 하자."

"알바 피해를 봤다며 도와달라고 이렇게 연락이 오고……. 우리가 전부 해결할 수는 없잖아."

"억울한 피해를 입어도 어디에 하소연하고 어떻게 도움을 구해야 할지 잘 모르기 때문이야."

"어떡하면 좋을까?"

향금이 우울한 얼굴로 재석에게 물었다.

명백한 협박 문자이니 법에서는 어떻게 규정하는지 알아야만 했다. 재석은 폰을 꺼냈다.

"내가 변변에게 문자 보내볼게."

재석은 변변에게 문자를 보냈다.

> 변호사님, 아이들이 알바하고 돈을 못 받았다고 엄청나게 문자가 와요.
> 그리고 식당 사장은 수경이에게 협박 문자도 보냈어요.
> 어쩜 좋지요?
> 식당 사장이 보낸 협박 문자와 아이들이 보낸 문자를 첨부해서 보낼게요.
> 조언 부탁드려요.

잠시 후 변변에게서 답이 왔다.

> 일단, 너희들 사례를 모으는 게 중요하다.
> 알바에 대해서 또 이런 문제에 대해서
> 나는 법적으로밖에 너희들에게 조언을 못 해.

아이들은 결국 포털에 카페를 하나 만들기로 했다. 전국 청소년 알바 피해자 카페였다. 그날 밤 카페까지 만들고 그 카페 주소를 친구들에게 공유하고 아이들은 헤어졌다.

멘토 진식

진식의 매장은 대로변에 있었다. 커다란 전자제품 대리점 옆의 큰 건물 1층 매장이 그의 것이었다.

월드타겟 파크스토리

건물을 감싸듯 걸려 있는 커다란 현수막이 아이들을 압도했다. 양품, 양복을 판매하는 것이었다.

"우와!"

네 아이는 매장을 보자마자 눈이 휘둥그레졌다. 번쩍번쩍

하는 조명 아래 각종 양복들이 세련되게 진열되어 손님을 기다리고 있었다. 젊은 대학생들과 중장년층의 아저씨까지 와서 여기저기에서 자신에게 맞는 옷을 입어보고 있었다. 현수막에는 '양복 위아래 무조건 10만 원 + 바지 한 벌'이라고 쓰여 있었다.

"이렇게 싸게 팔아도 되는 거야?"

"글쎄?"

아이들은 매장으로 주춤주춤 들어섰다. 고등학생들이 양복 매장에 들어가는 게 흔한 일은 아니었다.

"어떻게 오셨습니까?"

멋진 싱글 투 버튼 양복을 입은 청년이 세련된 매너로 다가왔다.

"저…… 진식이 형, 아니 사장님 좀 만나러…….''

사장님 손님인 줄 알아챈 청년은 네 아이를 안내했다.

"아, 이쪽으로 들어오세요."

청년의 뒤를 따라 두리번거리며 안으로 들어가자 진식이 할아버지 한 분의 양복을 봐주고 있었다.

"아버님, 이 양복이 딱 맞으시는데요. 요즘은 바지를 타이트하게 입는 게 유행이잖아요. 바지통은 딱 맞는데 허리가 조금 작네요. 세탁소 가서서 조금 늘리세요."

"큰 바지는 없나?"

"한 사이즈 큰 바지로 드릴 수 있는데요, 큰 걸 드리면 바지통도 늘어납니다. 바지통이 넓으면 할아버지같이 됩니다. 아버님은 할아버지 아니시잖아요."

"허허, 이 사람 장사 잘하는구먼. 하긴 요즘 젊은이들이 쫙 달라붙는 바지를 입더라고."

"그러니까요. 이 사이즈로 입으시고 허리를 늘리는 게 훨씬 세련되고 젊어 보이실 거예요. 제가 수선비 5천 원을 빼드리겠습니다. 아버님께서 9만 5천 원 주시면, 제가 다른 양복 바지 여벌로 더 드릴게요."

"이 사람아, 바지 두 벌 줄이려면 만 원이야."

"아버님, 그럼 상하의로 한 벌에 10만 원인데 바지 한 벌 더 드리고 수선비 만 원까지 빼드릴게요. 이건 뭐 완전히 남는 게 없어요."

"이 친구 장사 잘하네? 알았어, 그렇게 주게! 그리고 내가 다음에 친구들 데리고 또 올게."

"네, 아버님. 꼭 와주세요."

"그럼. 올게."

"네, 언제 오실 겁니까?"

"아, 이거 약속해야 되나?"

"약속하시면 제가 준비를 많이 해놓죠. 아버님들이 좋아할 만한 양복으로."

"우리 등산 멤버들이 이번 주에 산에 갔다가 내려올 때 내가 싹 다 끌고 올게. 한 서른 명쯤 돼."

"아버님, 감사합니다. 그럼 그때 서비스로 아버님 양복 한 세트 준비했다가 살짝 드리겠습니다."

"그래? 정말이지? 알았어, 알았어."

할아버지는 기분 좋게 양복을 포장해서 들고 갔다. 옆에서 지켜보고 있던 재석과 보담 그리고 향금과 민성은 입이 쩍 벌어졌다. 진식의 장사 수완이 보통이 아니었던 것이다.

"형, 저……."

"어, 너희들 왔구나. 시간이 벌써 이렇게 됐네. 8시가 넘었잖아? 이쪽으로 들어와, 들어와."

진식은 아이들을 매장 한편에 있는 사무실로 이끌었다.

"자, 우리 여학생들도 왔는데 뭐 대접할 게 없네."

믹스커피를 타서 주는데, 사장실이랄 게 없었다.

"형, 사장실이 왜 이래요?"

"왜? 사장실이 이 정도면 훌륭하지, 뭐."

"와, 형 정말 대단해요. 아까 물건 파는 거 봤어요."

"아, 이런. 영업 비밀을 지켜봤구나."

학교에서 대현의 휠체어를 밀어주고 말없이 시키는 일을 해주던 그런 진식이 아니었다. 진식은 지난주에 사회복무요원 소집이 해제되었다. 학교에 더 이상 나오지 않았고, 새로운 공익요원이 대현이를 돌보고 있다.

"형이 이렇게 장사를 잘하니까 성공하신 거네요."

민성의 말에 진식이 씩 웃었다.

"어떻게 부자가 됐는지 알 것 같아요."

그러자 민성도 한마디 거들었다.

"형은 아무래도 서비스 정신이 뛰어난 것 같아요. 아까 할아버지 만족하시는 거 보니까요, 형은 장신이에요."

"장신이라니?"

"장사의 신이요."

"하하, 고맙다. 그래, 장사는 누굴 위해서 하는지 잊어버리면 절대 안 되지. 장사 누굴 위해서 하는 거냐?"

"형 자신을 위해서 하는 거 아니에요? 돈 벌려고."

"그 말도 맞는 말이지만, 가장 우선해야 할 것은 장사는 고객을 위해 해야 한다는 거야. 나한테 옷 사러 오시는 분들이 기분이 좋고 만족하면, 저절로 돈을 버는 거야."

"아까 그 할아버지한테 하시는 거 봤어요."

"할아버지도 젊게 입으시면 좋지. 그런데 자꾸 허리에만

맞추시니 바지가 펑퍼짐해져. 그럴 바엔 약간 작은 거 허리만 늘이면 딱이거든. 이게 노하우야."

향금이 듣다가 경탄했다.

"어머, 오빠, 대단해요."

"그래, 그래. 네가 향금이란 아이지? 여학생이 칭찬해 주니 기분 좋네. 그래, 너희들이 나한테 와서 물어보고 싶은 게 뭐냐?"

이번엔 보담이 나섰다.

"네. 우리 친구 중에 수경이라는 아이가 있는데요, 그 아이가 돈 벌려고 알바하다 문제가 발생했어요."

막 본론을 꺼내려는 참에 수경이 달려왔다.

"얘들아, 미안해. 미안해."

"그래. 어서 와."

"안녕하세요?"

진식은 수경이에게 자리를 마련해 주었다.

"그래, 네가 수경이구나. 여기 앉아라."

진식이 여기저기 굴러다니는 걸상들을 갖다주었다. 아이들이 자리를 잡자 진식에게 민성은 자초지종을 이야기했다. 진식은 진지하게 민성의 이야기를 들었다. 민성은 수경이가 아르바이트하다가 악덕 업주를 만난 이야기와 그간의 시련을 일목요연하게 전달했다.

"내용증명을 보내도 해결이 안 돼요. 어떻게 하면 좋죠? 형은 이런 경우 있었어요?"

"내가 사장 된 뒤에는 그런 일이 없지. 나는 약속한 거는 칼같이 지켜. 종업원들이 그런 거에 실망하면 사업이 안 되지. 알바하는 애들이 사정이 생겨 그만 나온다고 그럴 때 꼭 양복 한 벌씩 주고. 인연을 소중하게 여기지."

민성이 눈을 번쩍였다.

"와, 형, 정말 좋아요."

"아이들이 나중에 또다시 알바할 때 나한테 제일 먼저 찾아와. 대학생이 되고 사회에 나와서도 찾아오고. 아까 오다가 모델 같은 친구 봤지? 저 친구는 우리 네 번째 매장에 와 있는데, 지금은 우리 회사의 실장이지. 대학 졸업하고 대기업 취업을 고민하다 여기로 온 거야."

"우와, 왜요?"

"나한테 와서 일해보더니 기업에 들어가서 시키는 일이나 하기보다 사업을 하기로 결정했대. 나중에 자기 점포 차릴 때 내가 물건 대주기로 했어."

"이야, 정말 대단해요."

아이들이 감동의 물결에 휩쓸리자 재석이 말했다.

"형이 이런 가게 한 열 개 있대, 전국에……. 재벌이다, 재벌."

향금이가 눈에 하트를 띠며 말했다.

"람보르기니 타실 만해요."

"아, 그 일은 내가 좀 미안한 사건이기는 해. 대현이 휠체어 밀어주다 정이 들었어. 활동이 불편하니 평소 집에서 그냥 게임이나 하고 인터넷만 한다는 말을 듣고 뭘 좋아하냐고 물었지. 그랬더니 자동차를 좋아한대. 슈퍼 카를 타보는 게 소원이라 그러는데."

"그래서 람보르기니를 태워준 거군요."

"벤츠는 자기 삼촌이 태워줬대. 그래서 할 수 없이 람보르기니를 끌고 나갔는데 따로 시간 낼 수가 없잖아. 그래서 아예 출퇴근할 때 한번 타고 가서 돌고 다시 오면 되겠다 생각했다가 그런 사고가 난 거란다."

"애들이 너무 철이 없어서 그런 거죠."

보담이 한마디 했다. 고지식하고 원리 원칙을 잘 지키고 반듯한 보담이니 그럴 법도 했다. 그런데 진식의 대답은 의외였다.

"하지만 녀석들의 잘못만은 아니야."

"네? 왜, 왜요?"

"사실 전에 내 벤츠도 긁어놓고 그랬어. 그런데 그때 제대로 혼을 냈어야 했는데 내가 잘못했어. 대충 넘어갔거든. 내 잘못이야."

"그걸 어떻게 아셨어요?"

"내 차는 블랙박스가 사방으로 찍게 돼 있어. 어느 날 퇴근하려는데 차 문을 긁어놨더라고. 나는 운전하기 전에 꼭 한 바퀴 돌면서 점검하거든. 즉시 블랙박스도 확인하고, 학교 CCTV도 봤어. 바로 범인을 찾을 수 있었지. 그런데 녀석들이 울고불고 사정하기에 다시는 그러지 말라고 용서해 줬는데 또 이렇게 된 거야."

듣고 있자니 재석은 얼굴이 화끈거렸다. 자리에서 일어나 허리 숙여 인사를 했다.

"형, 죄송해요. 제가 대신 사과할게요. 형이 나이도 젊은데 잘나가는 사업가에다 부자라고 하니, 어린 마음에 부럽기도 하고 질투가 났던 모양이에요."

"아니야, 이 세상이 잘못이지. 없는 사람이 있는 사람 미워하도록 만들잖아. 사실 나도 큰 부자는 아닌데."

이때 민성이 재석을 보며 빙글빙글 웃었다.

"야, 황재석이 언제 우리 학교 대표가 되었냐? 킥킥."

"넌 조용해, 인마!"

재석이 민성에게 장난스럽게 인상을 쓰고 다시 말을 꺼냈다.

"그런데 형, 슈퍼 카를 타는 사람이 큰 부자가 아니라고요?"

"이런 차는 사실 사업 때문에 타는 거야. 특히 외국 바이어를 만날 때 필요하지. 내가 하는 일이 잘되고 있고 안정적이라는 것을 은근히 알릴 수 있으니 말이야. 물론 가끔 속도를 내는 것도 재미있긴 하지. 하하."

이야기가 샛길로 빠진다고 생각했는지 진식이 다시 물었다.

"참, 너희들 상담해 달라며? 무슨 말 해주면 되니?"

"형, 알바에 대해 말해주세요. 아니 돈에 대한 형의 생각이 궁금해요."

"나는 대학을 안 갔잖니? 일하려고 안 간 거야. 돈 버는 걸 너무 일찍 알았기 때문이지. 성적도 물론 안 좋긴 했어. 그래서 나는 돈을 많이 벌면 되는 거 아닌가 하는 생각을 하게 되었어."

그때 예의 모델 같은 훈남 실장이 들어왔다.

"사장님, 저…… 헤어 숍의 김 사장님이 오셨는데 싸게 해

172

달라는데요?"

"저번에 해드린 대로 지인 찬스로 20% 할인해 드려."

실장이 인사하고 나갔다.

"저 실장이 아까 얘기했던 그 실장이잖아. 지금도 직원으로 일하고 있지만 이거 밤 8시에 끝나면 또 대리운전 뛰어."

"힘들잖아요."

"우리 가게 오후에 여니까 괜찮아."

"투잡이네요."

"쓰리잡이지. 저 친구는 지금 휴대폰 매장도 하나 만들어 가지고 직원들 두고 있어."

"와! 쓰리잡!"

"저 친구 아마 연봉으로 치면 상당할걸. 그래도 대학도 나오고 그래서 공부와 알바를 병행한 아주 좋은 사례이긴 해. 합리적으로 시간과 에너지를 투자한 셈이지."

"하지만 돈을 벌려고 일만 너무 많이 하는 거잖아요. 인생에 돈이 전부는 아니잖아요."

보담의 말에 진식이 고개를 끄덕였다.

"어려운 질문이야. 돈이 전부는 아니지만 돈을 무시하는 사람 치고 돈 때문에 고생하지 않는 사람도 없어."

진식이 본격적으로 입을 열었다.

돈이란 무엇인가?

"먼저 너희들에게 물어보자. 예술가가 부자일까? 재벌이 부자일까?"

"당연히 재벌들이 부자죠."

향금이 기다렸다는 듯 대답했다.

"물론 예술가 중에서 돈 많이 버는 사람이 간혹 있긴 하겠지. 하지만 재벌을 당할 수는 없어. 그럼 재벌들은 정말 부자일까?"

진식의 질문에 아이들은 모두 고개를 갸웃했다.

"보담이네 할아버지가 부자예요."

"아니야. 우리 할아버지, 그 정도는 아니셔."

향금의 말에 보담이 손을 내저었다.

"그래. 우리는 흔히 무슨 전자, 어떤 자동차 회장, 이런 사람들을 최고의 부자라고 생각을 하지. 그렇지만 나는 부자에 대한 정의가 좀 달라."

"뭔데요?"

"더 이상 돈 걱정 하지 않고 돈 얘기 하지 않는 게 부자인 것 같아. 그래서 유명한 말이 있어. 부자들은 만나면 예술 얘기만 하고, 예술가들은 만나면 돈 얘기만 한다는 거지."

"그거 톨스토이가 한 말인 것 같아요."

보담이 기억을 돌이켜 맞장구를 쳤다.

"돈을 더 벌어야겠다고 생각하고 돈에 관심을 가진 사람은 절대 부자가 아니야. 나도 지금 옷 가게 하고 있지만 돈을 좀 더 벌어야 돼. 아직 부자라고 할 수는 없어. 부자가 되려고 노력을 이렇게 하고 있지만. 내가 학교에서 사회복무요원으로 복무할 때 보니까 학생들은 대부분 다 건물주 되는 게 꿈이라고 하더라. 건물주 되면 부자 맞지. 돈 걱정은 별로 하지 않으니까. 하지만 나는 그런 건물주를 슬픈 부자라고 생각해."

의외의 말에 아이들은 모두 놀랐다.

"슬픈 부자요?"

"응. 건물주는 땀 흘려 열심히 일해서 돈을 버니?"

"아니요. 편안하게 월세 받아서 살죠."

"그렇지. 한마디로 일하지 않고 돈 버는 거잖아? 불로소득. 남의 돈을 받아서 자신의 부를 쌓는 거지. 그런 건물주를 사람들이 존경할까? 부동산으로 돈을 버는 사람들을 건물주라고 하는데 이들은 자원을 효율적으로 배분한다는 경제원칙에는 어긋나는 사람들이야. 자본주의의 발전은 자본가가 생산에 투자할 때 계속 성장하는 거야. 자본이 불로소득에 쏠리기 시작하면 그때는 자본주의가 병들고 마는 거지. 젊은 사람들이 열심히 일해서 돈을 벌 생각을 하지 않고 건물이나 하나 마련해서 월세나 받겠다고 하면 나라 경제가 잘 굴러가겠니?"

"아니요."

"100억짜리 빌딩을 사서 월세 받는다는 사람이 우리나라에 이바지하는 걸까, 100억을 투자해서 회사를 차려 1,000명을 고용하여 일자리를 만들고 물건을 생산하는 사람이 우리나라에 기여하는 걸까?"

"당연히 투자한 사람이죠."

수경이가 아주 눈을 반짝이며 이야기를 듣다 대답했다.

"그래. 그래서 청소년들이 건물주가 되겠다고 하는 말을 들으면 나는 조금 우울해진단다."

"하지만, 텔레비전이나 뉴스를 보면 돈 많이 번 사람들이나 연예인들이 건물 하나씩 갖고 있던데요? 저 월급 안 주려는 사장도 건물주 아들이고요."

"그래. 가만히 있어도 월세가 들어오니까 일할 생각을 하지 않는 거야. 이런 현상이 멈추어야 우리 사회의 미래가 있어. 집값이 안정되고 돈을 벌려면 열심히 일해야 된다는 생각을 할 때 바로 사회가 건강해지는 거지. 같은 부자여도 기업을 일으키고 수만 명의 사람을 먹고살게 한 부자들은 존경을 받아. 아마존, 애플, 구글의 창업자처럼. 하지만 너희들 큰 건물 가지고 월세만 받고 살면서 존경받는 사람 이름을 말해봐라."

"몰라요."

아이들은 서로의 얼굴을 바라보았다.

"그런 사람들은 존경받지 못하는 거야. 물론 돈이 많다고 사람들이 굽신대긴 하겠지만. 월세나 올리고, 가지고 있는 부동산 값이 올라가기만 바란다고. 돈은 좋은 세상을 만들기 위해 필요한 거야. 다시 말해 돈은 너희들이 건강하게 부자가 되고 건강한 어른이 되도록 돕는 수단이야. 열심히 일하고 땀 흘리고 아이디어를 내고 성실하게 하다 보니 부자가 되었다. 이런 사람이 되는 것이지. 그럴 때 쓰이는 게 바로 돈이야. 그렇게 돈을 번 사람만이 명예를 가지는 거고 존경을 받아."

"아, 형, 뭔지 알 거 같아요. 돈에 대해서요."

"그래. 그렇게 중요한 돈인데 우리나라에서는 아직 돈에 대한 교육이 제대로 이루어지지 않고 있어. 사람마다 자기가 정한 목표와 가치가 다른 것처럼 그 목표를 이루기 위한 과정도 본인이 선택하는 거야. 미래를 위해 쉴 새 없이 일하는 사람도 있고, 소소한 즐거움 누리면서 사는 것이 부자라고 생각하는 사람도 있는 거지. 여기서 중요한 것은 돈의 액수가 아니라 돈 버는 과정이 사회에 기여하는 선택이어야 한다는 것이지."

"네, 그렇군요."

"참고로 너희들 저축은 얼마씩 했니?"

"저는 촬영과 편집에 필요한 장비를 사느라고 한 푼도 저금을 못 했어요."

민성이 말하자 진식이 말했다.

"그래, 감독을 꿈꾸는 민성이가 그런 돈을 쓰는 것도 일종의 투자이고 큰 의미에서 저축이라고 볼 수 있지. 하지만 저축은 쓸 돈 실컷 쓰고 남는 걸 모으는 것이 아니야. 미리 계획을 세워서 저축할 돈을 떼어놓고 나머지 돈을 아껴 쓰는 거란다."

"네. 그런데 저축을 하면 무엇이 좋은데요?"

"자금관리를 할 줄 알게 되고 쓸데없는 돈을 쓰지 않는 습관이 생기지. 너희들 주변을 둘러봐. 얼마나 돈 쓸 곳이 많아? 저축을 하는 사람은 그런 유혹을 이겨낼 수 있는 거야. 물건 사봐야 잠시뿐이라는 걸 너희들 경험했지?"

"맞아요, 맞아요."

"그것 봐. 욕망을 이겨내지 못한다면 절대 저축할 수가 없어. 저축을 많이 한 사람은 절제를 많이 했다는 뜻이란다. 주머니에 있는 잔돈이라도 아끼고 저축하는 습관을 가진 자만이 돈을 모을 수가 있고, 그런 돈이 나중에 알맞은 곳에 쓰여서 경제 발전에 기여를 하는 법이야."

"와, 형의 이야기를 들으니까 정말 어떻게 형이 이렇게 부자가 됐는지 알 거 같아요."

"이 녀석아, 나 아직 부자 아니라니까. 하하하! 그나저나 교과서 같은 얘기 그만하고 수경이는 어떻게 도와줄까?"

진식은 다시 수경의 문제로 관심을 돌렸고, 이야기는 급격히 문제로 옮겨갔다. 요점은 어떻게 해야 그 사장이 돈을 줄

까로 모아졌다.

"절대로 돈 못 준다는 식이에요. 보아하니 그 동네 토박이라서 동네 깡패들하고 좀 친하더라고요. 깡패들 오면 공짜로 음식도 주고 그래요."

"아마 그런 사람들과 친해놔야 가게가 보호된다고 생각하기 때문일 거야. 그래도 요즘은 고객의 평가가 최고로 중요하지. 그 사장도 자영업자이기 때문에 자기 평판과 브랜드를 되게 중요하게 여길 거야."

수경이가 찍어 온 식당 사진을 보더니 진식은 하나씩 점쟁이라도 되는 양 짚어나갔다.

"요즘은 배달을 하지 않는 식당이 없지. 사장이 배달 앱의 댓글이나 평점에 신경 안 쓰던?"

"엄청 신경 썼어요. 댓글마다 응대하고, 악플 달리면 어떻게든 지우게 하려고 물고 늘어져요."

"그럴 줄 알았어. 식당 곳곳에 포토존 만든 거 보니까 알겠어. 이미지나 평판이 돈이 된다는 걸 아는 사람이야. 이런 자의 약점은 바로 그거지. 평판에 예민하니까 평판으로 승부를 거는 게 좋다. 너희들 보다시피 내 가게는 브랜드가 없어. 간판도 없잖아. 현수막만 걸었지."

"어, 정말 그래서 아까 오면서 이상하다 생각했어요."

"간판이 없으면 당연히 고객은 싼 물건이구나 생각하고 편하게 들어와. 게다가 들어와 보니 가격도 싸고 품질까지 좋거든. 그러면 지갑을 쉽게 열지."

"정말 그런 것 같아요."

향금은 벌써 아빠 양복 하나 사다 준다고 눈독을 들이는 중이었다.

"싸움은 한마디로 상대방이 원치 않는 방식으로 싸워야 돼. 나는 최대로 싸게 파는 전략이야. 그래서 브랜드 이미지보다는 좋은 제품을 저렴한 가격에 공급하는 가성비 쪽으로 신경을 가장 많이 쓰지. 그런데 그 사장은 어떠니? 배달 식당은 특성상 고객 만족이나 브랜드 이미지가 중요하니까, 그쪽에 신경을 많이 쓰겠지? 이 점을 주목해야 해. 내가 보기에 그 사장은 너희를 어떻게든 골탕 먹이려는 것 같다. 그 사람한테 100만 원은 큰돈이 아니야. 오히려 너희들이 그걸 받아 내겠다고 이리저리 뛰어다니는 걸 보며 즐기고 싶은 거지."

"그런 것 같아요."

"이럴 때는 다른 방식으로 나가야지. 그런 돈 필요 없다. 너의 가장 아픈 데를 건드려주겠다. 너희들이 방송 내보낸 거 좀 치명적일 거야. 아는 사람은 아는 가게니까. 하지만 살짝 지나간 게 좀 아쉽지. 좀 크게 부각해야 되는데. 아까 수경이가 이 사장이 음식 댓글에 민감하다니까 SNS나 배달 앱 등을 통해 평판을 건드리면 아마 반응이 올 거야."

아이들은 희망을 본 것 같았다. 하지만 보다 근본적인 문제에 재석은 관심이 갔다.

"형, 돈 벌겠다고 아이들이 나가서 이렇게 이용당하고 상처 입는 거를 막는 방법은 뭘까요?"

"아르바이트를 적당하게만 할 수 있다면 참 경험도 되고 좋아. 문제는 사회인식이야. 노동환경도 문제고. 제일 좋은 건 청소년들이 직업 체험도 하고, 이를 통해 꿈도 키울 수 있게 제도를 보완하는 거야. 경제 교육도 실시하면서 학교가 꿈을 잃게 하는 곳이 아니라 꿈을 얻게 해주는 곳이 되어야지. 우리 사회에 제도적 장치가 만들어지면 해결될 문제지."

곧바로 고쳐질 문제가 아니라는 이야기에 아이들은 모두 우울해졌다. 분위기를 바꾸려고 민성이 물었다.

"형은 이렇게 돈을 많이 벌어서 다 어디에 쓰시려고 그래요?"

"하하. 나? 음…… 이런 얘기 들어봤어? 500명의 부자들에게 설문조사를 했단다."

"무슨 조사요?"

"부자들에게 꿈이 뭐냐고 물어봤더니 뭐라고 대답했을까?"

"사회에 환원한다는 걸까요?"

"세상에서 가장 좋은 차를 타거나 가장 좋은 집을 가지고 싶지 않을까요?"

진식은 고개를 저었다.

"아니야. 놀랍게도 500명의 부자들이 같은 대답을 했대."

"그게 뭐예요?"

"더 큰 부자가 되는 거."

"……."

아이들은 순간 말이 없었다.

"더 큰 부자가 되는 게 모든 부자들의 소원이라는 건 인간의 욕망은 끝이 없다는 말이기도 하지만 돈이라는 걸 그만큼 많이 갖고 싶어 한다는 뜻이야. 돈을 탐하고 돈을 원하는 거는 나쁜 게 아니야. 하지만 돈이 모든 걸 다 결정하지는 않는다고 생각해. 나는 나중에 돈 많이 벌면 내 이름을 딴 재단을 하나 만들 거야."

"빌 게이츠처럼요?"

빌 게이츠가 재단을 만든 건 워런 버핏이 권고했기 때문이었다. 이왕 자선사업을 하려면 힘들고 어려운 일을 맡으라고 했던 거다. 그로 인해 빌 게이츠와 이혼한 그의 부인 멀린다 이름을 딴 재단은 개발도상국의 극심한 빈곤과 열악한 위생 보건 상황, 질병 예방, 교육을 혁신할 수 있는 프로그램 등에 집중해서 지원을 하는 곳이다.

"응. 나처럼 가난했던 아이들을 도와줄 수 있는 장학 재단을 만들고 모든 재산은 기부하고 갈 거야."

"그러면 형, 기부는 지금부터 하고 있어야 되는 거 아니에요?

진식은 씩 웃었다.

"그렇지."

글쓰기 마라톤

'울재석'에 아이들이 모였다. 홀 가운데에 놓인 큰 테이블에 둘러앉아 각자 들고 간 노트북 컴퓨터를 켜서 뭔가 자판을 두들기며 글을 쓰고 있었다. 오늘은 보담의 아이디어로 글쓰기를 하는 날이었다. 보담은 재석이 글을 꾸준히 쓰는 것을 보며 아이들이 모였을 때 제안한 적이 있었다.

"재석아. 글쓰기는 지식인의 기본이니까 우리도 좀 배우면 어떨까?"

재석은 고개를 갸웃하고 대답했다.

"글은 특별히 배우는 게 아니라 그냥 열심히 쓰면 돼."

"그래? 하지만 혼자 쓰려면 글이 잘 안 써지잖아?"

"하긴 그래. 혼자 하긴 좀 막연하지. 좋은 스승을 만나거나 동료가 있으면 좀 낫긴 해."

재석은 글을 잘 쓰기 위해 글쓰기 관련된 책들을 많이 읽었다. 그중 한 책에서 배운 방법이 글쓰기 마라톤이었다. 글을 쓰는 사람들이 함께 모여서 같은 주제를 놓고 동시에 끊임없이 글을 마라톤 달리듯 써야 되는 거였다. 같은 주제로 쓴 글을 돌려가며 소리 내어 읽고, 다시 또 쓰고, 이런 식으로 해서 글쓰기 실력을 늘리는 방법이라고 했다.

"그렇게 쓰면 같은 주제를 어떻게 각자 다르게 생각하나 알 수 있대."

그 방법을 말해주자 보담이 좋다고 고개를 끄덕였다.

"그거 좋은 방법이네. 그럼 우리 이번에 너희 엄마 공방에 모여서 한번 해보자."

"나쁘지 않지."

그래서 아이들은 일요일 낮 울재석에 모두 모여 앉았다. 엄마는 강의실 안쪽에서 일요일에 뜨개질 배우는 직장인들과 수업을 하고 있어서 방해될 일이 없었다. 이 모임에는 수경도 참석했다. 수경은 노트 한 권을 펼쳐놓고 있었다.

울재석에 모인 아이들은 조용히 앉아 각자 쓰고 싶은 글들을 썼다. 따뜻한 온기가 감도는 니트 공방에서 청소년들이 글을 쓰며 몰두하는 정겨운 모습은 지나가는 사람들에게 흐뭇한 미소를 띠게 하는 광경이었다.

보담은 자기의 꿈에 대한 글을 써서 학교문집에 내리고 했다. 향금은 학교 축제에서 자신이 사회를 맡았다고 대본을 썼다. 민성만 글을 쓰지 않고 가게 안을 부산하게 다니면서 카메라로 이것저것을 찍으며 스케치하고 있었다.

재석은 이참에 청소년들의 알바와 돈에 대한 생각을 글로 정리해 보기로 했다. 몰입해서 자판 두드릴 때가 가장 행복한 재석이었다.

청소년과 돈

청소년들이 아르바이트를 하고 돈을 벌려고 하는 것은 어른들처럼 경제 활동을 하고 싶어서다. 그런데 여기서 나는 큰 아이러니를 발견했다. 돈 버는 경험이 성장기에 도움이 되지만 너무 심하게 몰두하면 학업에 방해가 된다는 사실이다. 학창 시절에 공부를 열심히 하는 것이 멀리 볼 때는 더 큰 돈벌이를 할 수 있는 길이기도 하다. 그렇다고 공부만 잘하는 아이가 나중에 어른이 되었을 때 세상을 얼마나 잘 알까 하는 우려도 된다.

결국은 모든 것을 적당히 하는 것이 중요하다는 생각이다. 적당한 아르바이트도 필요하고 또한 적당한 공부도 필요하다. 이것에도 '중용'이 필요한 것이다.

여기까지 썼을 때 수경이 쓴 글을 재석에게 보여줬다.

"재석아, 나 이렇게 써봤어."

수경은 성격과 다르게 깨알 같은 글씨로 글을 썼다. 글씨체가 아주 예쁘고 특이했다. 쑥스러운지 수경의 얼굴이 살짝 붉어졌다.

"나는 아이디어를 민원서로 보내보려고 썼어."

일회용품은 참 편리하다. 특히 도시락을 편의점에서 사거나 음식을 배달시키면 사용하기 아주 편리하다. 하지만 남는 건 플라스틱. 이게 문제다. 재활용을 한다지만 내가 직접 체험해 보니 잘 안 된다. 지구가 아프게 된다. 우리의 물건들은 재활용이 되지만 지구는 재활용이 안 된다. 일회용품은 한 번 쓰면 버리지만 지구는 일회용품이 아니다.

배달 그릇을 우리나라에서 재활용이나 세척이 가능한 그릇으로 전부 통일해서 어느 업체에서나 가리지 않고 쓰면 좋겠다.

"어때? 내 글?"

수경이 글을 본 재석이 말했다.

"응, 잘 썼네. 아이디어도 좋고. 너도 글 좀 써봤니?"

"아니, 그냥 무얼 쓸까 하다가 오빠 일하는 거 보고 느낀 점 써봤어."

"이 정도면 훌륭해."

아이들은 더 과장해서 수경을 칭찬했다. 작은 격려가 되었으면 하는 마음이었다.

그때 재석에게 전화가 걸려왔다. 변변이었다.

"야, 변호사님 전화 왔어. 조용히 해봐."

재석은 전화를 받았다. 변변이 전화 걸 일은 하나였다. 식당 사장과의 분쟁 건이기 때문이다. 그래서 수경의 얼굴이 어두워졌다.

"변호사님 안녕하세요? 아이들과 같이 있어서 스피커폰으로 바꿀게요."

변변이 특유의 차분한 목소리로 말을 이어나갔다.

"그래. 얘들아 안녕? 너희들이 너무 고생하는 거 같아서 내가 소장 초안을 한 장 써줄 테니까 그걸로 한번 직접 소송을 제기해 보지 않겠니?"

"네? 정말요? 돈 들잖아요. 변호사 비용이 받는 돈보다 더 비싸요."

"소액청구심이라고 있어. 돈 안 들어. 내가 도와줄게. 그 악덕 사장은 도저히 안 되겠더라."

"변호사님 바쁘시잖아요?"

"괜찮아. 내가 시간 날 때 써줄 테니까 기다려라."

변변은 구체적 사항을 일러주고 통화를 마쳤다. 모처럼 수경이를 위해 아이들이 고생하는 걸 보고 무료로 도와주겠다는 거였다.

"그 사장은 이제 끝났어!"

향금이 신나서 허공에 어퍼컷을 올렸다.

그때 보담은 재빨리 검색을 해보았다.

"어머, 이거 되게 간단해."

"뭐가?"

아이들이 보담의 노트북 컴퓨터로 몰려가 모니터를 들여다보았다.

"소액청구는 이렇게 쓰어 있어. 채무를 갚지 않으면 전문가에게 의뢰를 하는 경우가 대부분인데, 빌려준 금액이 법적 절차를 밟을 때의 비용보다 적다면 곤란할 수밖에 없어서 국가에서는 이런 소액채권자들을 위해 특례 규정을 만들어 채권자의 올바른 권리 회복을 돕고 있대."

'소액사건심판법'에 대해 아이들은 각자 검색을 해보았다. 금액이 적다고 포기하지 말고 활용하라는 제도였다.

1. 변호사 선임 없이도 가능

   소액 소송은 변호사가 없어도 스스로 진행할 수 있도록 절차가 간소하다.
2. 법원의 허가 없이도 소송 대리

   일반 소송과 다르게 소액사건심판은 법원의 허가가 없더라도 소송을 대리할 수 있다.
3. 비용과 시간의 절약

   소액사건심판은 모든 절차를 3개월 이내에 끝낼 수 있게 간소화하다.

"아, 역시 변호사님은 딱 계획이 있었어."

"그렇구나. 그럼 재석이 네가 소장을 한번 써봐."

보담이 덜컥 제안해 재석은 좀 놀랐다.

"야, 변호사님이 써주신다잖아."

"너도 써보는 거야. 그런 뒤에 봐달라는 게 더 낫지 않을까?"

그건 그랬다. 신세를 지지 않는 게 좋겠지만 지게 된다면 최소로 지는 게 최선이었다. 이때 민성이 못을 박았다.

"야, 너 나중에 소설 쓰면 주인공이 돈 뜯겨서 소송하는 장면도 쓸지 모르잖아."

꼼짝없이 소장 초안은 재석이 쓰기로 했다.

아이들이 모여서 재석의 노트북 화면을 보며 문장을 함께 고치고 있을 때 어머니의 뜨개질 클래스가 끝났다. 아주머니들이 강의실에서 삼삼오오 나오면서 말했다.

"아이고, 원장님, 잘 배웠어요."

"네. 가서 연습 많이 하세요."

직장인들과 나이 지긋한 할머니들도 있었다. 그중에 우아한 용모의 한 아주머니가 말했다.

"제가 부탁한 드레스 잘 좀 부탁드려요."

"네네. 감사합니다. 살펴 가세요."

엄마는 다정하게 인사하고 수강생들을 배웅했다. 사람들이 다 나가자 엄마는 아이들을 보며 물었다.

"너희들 라면이라도 끓여줄까?"

"아니에요. 우리끼리 햄버거 먹으러 갈 거예요."

재석 일행은 신이 나서 울재석을 빠져나갔다. 아이들 모두 포근한 향기가 감도는 엄마의 가게를 라면 냄새로 가득 채우는 건 왠지 미안하다고 생각했던 것이다.

구청

구청 민원실에는 사람들이 많이 와 있었다. 각종 증명서를 떼기도 하고 여러 가지 일을 보러 오는 거였다. 민원실 허공에 하는 일들이 부서별로 적혀 있었다. 한쪽엔 안마 의자와 혈압계까지 놓여 있었고 커다란 어항에는 잘 관리된 각종 관상어들이 세상 여유롭게 헤엄쳐 다니고 있었다.

"와, 멋있어."

수경은 처음 와보는 민원실 풍경에 감탄해 마지않았다.

"이런 건 어디에 접수하지?"

수경과 함께 온 재석이 저만치에 둥그런 안내 데스크를 발건했다.

"저기 가서 물어보자."

두 아이는 안내 데스크로 다가갔다.

"안녕하세요?"

"어서 오세요."

친절한 미소를 지으며 나이 지긋한 공무원이 반갑게 맞아 주었다.

"저, 민원은 어떻게 넣는 건가요?"

"무슨 민원이시죠?"

공무원은 고등학생 둘이 와서 대뜸 민원을 넣는다고 하니 조금은 당황하는 표정이었다.

"그게…… 플라스틱 재활용에 대한 아이디어인데요."

수경이가 약간 떨리는 목소리로 말을 이었다.

"아, 구정 건의 사항이요?"

"네."

"건의 사항은 저쪽 종합 민원 창구에 가서 내시면 됩니다."

수경은 다듬어 온 글을 봉투에 담아 내밀었다. 수경은 어린 시절 캔 꼭지만 모아 오면 휠체어를 하나 준다는 잘못된 소문을 듣고 온 동네 아이들이 캔 꼭지 수거하던 기억을 활용해서 아이디어로 냈다.

"저, 이거 내려고 하는데요."

"뭔데요?"

창구의 남자 공무원이 물었다.

"재활용 아이디어인데요, 재활용품을 앱으로 사진 찍어서 분리배출하면 그 제품을 생산한 업체가 인공지능의 안내로 수거해 가고 그린 포인트를 지급하는 아이디어예요."

"고마워요. 어린이나 학생들이 재미 삼아 많이 신고할 것 같네요. 학생, 이름과 연락처는 다 적었죠?"

"네."

그 아이디어는 수경이 글쓰기 마라톤을 하다가 울재석 인근에서 재활용품을 수거하는 모아모아 사업을 보고 얻은 거였다. 수경이 쓴 민원서류를 훑어보고 공무원은 접수를 완료했다.

수경과 재석은 밖으로 나왔다. 재석의 오른손에 커다란 쇼핑백이 하나 들려 있었다. 이제 엄마 심부름이 남았던 거다.

엄마는 며칠간에 걸쳐서 화려한 색깔로 니트 드레스를 만들었다.

"이 드레스는 주문을 받은 거야. 너 그때 봤지, 수강생 아주머니? 한옥마을 사시는 분인데 남편께서 무슨 커다란 과학자 상을 받으시는데."

"과학자 상요?"

재석이 궁금해 엄마에게 고개를 돌렸다.

"응. 남편분이 공대 교수님인데, 축하 파티에 이왕이면 멋있고 우아한 니트 드레스 입고 가시겠다고 그래서."

"와, 엄마 돈 많이 받는 거예요?"

"수작업이니까 좀 받지."

엄마는 흐뭇한 미소를 지었다.

"와, 엄마 짱이에요!"

비싼 드레스 주문이라 엄마는 꽤 오랫동안 공을 들여 드레스를 만들어왔다. 그런데 그게 드디어 오늘 완성이 되어 재석에게 배달을 부탁했다.

"오늘 이거 배달 좀 해줘. 아주머니가 급하다고 하시는데 엄마가 오늘도 수강생들 교육이 있어서."

"엄마, 걱정하지 마요. 수경이가 민원서류 넣는데 같이 가 달라고 했어요. 오는 길에 같이 한옥마을에 가서 잘 전달하고 올게요. 주소만 알려주세요. 학교 마치고 배달하고 올게요."

"그래."

그렇게 해서 재석은 수경이와 함께 한옥마을로 배달을 하러 갔다. 한옥마을은 탁 트인 하늘과 넓은 시야가 인상적인 곳으로, 서울을 벗어나지 않았는데도 서울 같지 않았다. 아파트촌이 끝나는 지점에서 바로 나타났기 때문에 그 대비감이 더욱더 큰 것 같았다. 복잡한 도심에서는 느낄 수 없는 평화로움이 마음속에 깃드는 듯했다.

"아, 여기 너무 좋다."

수경이 맑은 공기를 흠뻑 들이마신 뒤 내뱉으며 말했다. 재석은 스마트폰 지도로 배달하러 갈 집의 위치를 확인하느라 주변 경관을 제대로 감상하지 못하고 있었다.

"재석아, 좀 봐봐. 집집마다 이름이 있어."

수경이 재석을 채근했다.

"응? 으응."

그제야 고개를 들어 좌우를 살펴보는 재석이었다. 한 채도 똑같이 생기지 않은 세련된 디자인의 한옥들이 조성한 마을 뒤로 북한산이 어머니의 품처럼 마을을 감싸 안으며 배경으로 자리하고 있었다. 마치 시간 여행을 통해 과거로 돌아간 듯한 느낌이었다. 한옥마을 사이로 걸어 들어가니 어떤 집은 전시회를 하고 있었고, 또 어떤 집은 디귿자 형태로 마당을 포근히 감싸고 있었다. 한 집 한 집 자세히 구경하는 재미가 있었다.

수풍재라 쓰인 집 처마 끝에서 풍경 소리가 달랑달랑 울려 퍼지니 가라앉은 마음이 더욱 차분하게 다져지는 느낌이었다.

"아, 여기다."

재석은 마침내 주소에 적힌 이 층 한옥집을 발견해 벨을 눌렀다. 잠시 후 아주머니가 나와 문을 열고 반겨주었다.

"아이고, 아드님이 직접 배달 왔네?"

"네. 안녕하세요? 이거 어머니께서 정성껏 만드셨어요. 잘 입으시래요."

"그래요. 고맙다고 전해드려요."

임무를 완수하고 돌아서자 수경은 재석에게 말했다.

"우리 여기 한 바퀴 돌고 가자."

수경은 한옥마을 여기저기를 둘러보며 감탄을 연발했다.

"야, 이렇게 멋있는 곳이 있다니."

"그러게 말이야."

두 아이는 이 집 저 집, 개성 있게 지은 한옥들을 구경하다 작은 카페를 발견했다.

"잠깐만, 여기 알바생 구한다고 쓰여 있어."

정말이었다. 카페 육중한 목재 문에 A4 용지에 매직으로 쓴 공고가 붙어 있었다.

"나 들어가 볼래. 여기서 알바하면 너무 좋을 것 같아."

재석은 수경에게 문을 열어줬다. 재석이 이렇게 매너 좋은 아이가 된 건 보담이 덕분이었다. 함께 본 미국 영화에서 신사가 여자를 위해 문 열어주는 걸 보고 보담이 말했기 때문이다. 아무 생각 없다가 보담이 일깨워 주자 재석에겐 멋진 매너가 습관이 되어 있었던 거다.

"고마워."

수경이 의외라는 듯 생긋 웃으며 찻집 안으로 들어섰다. 전통찻집이었다. 가야금 산조 음악이 은은히 흘러나왔다. 카운터 쪽에 사장님으로 보이는 두건 쓴 초로의 여인에게 수경이 다가섰다.

"안녕하세요? 사장님이세요?"

"그래요. 내가 이 찻집 사장 맞아요."

"밖에 알바생 구하신다고 해서요."

"응. 학생이 알바하려고?"

"네. 저녁때는 되는데요?"

사장은 아쉽다는 듯 고개를 살래살래 저었다.

"이걸 어쩌지? 우리는 조금 나이 드신 분이 필요해. 전통찻집이라서 한복 입고 낮 시간에 이 부근에 오시는 진관사 불자들이나 한옥마을 구경하러 오신 분들이 들러서 차 마시는 곳이라 너무 젊은 아가씨는 잘 안 어울려요."

"아, 그렇군요."

수경이는 실망한 듯 어깨가 처져서 찻집에서 나왔다. 재석이 수경을 위로했다.

"괜찮아. 또 알바 자리 있을 거야."

"요즘 경기가 안 좋아서 알바 자리가 잘 안 생겨."

"그래도 알아보면 적당한 일자리를 찾을 수 있을 거야. 참, 준오 형은 어때?"

"오빠는 잘 지내고 있어. 내가 문제지. 내가 좀 벌어서 오빠 부담 덜어줘야 하는데."

수경의 깊은 마음에 재석은 약간 감동을 받았다. 그게 표정에 드러났는지 갑자기 수경이 화제를 바꿔 재석에게 말했다.

"그나저나 그 돈 많은 오빠."

"누구?"

"람보르기니 타는 오빠."

"어, 진식이 형?"

"그 오빠 어떻게 지내? 자동차 합의는 됐고?"

"합의가 안 되고 있어. 보험회사랑."

보험회사는 계속 자동차 파손한 녀석들의 부모에게 구상권 청구 소송을 걸겠다고 했다. 2억 원의 수리비 가운데 1억 원만 네 아이의 부모가 만들었다. 1억 원 차이로 문제가 해결되지 않고 있었다. 그 일로 학교는 계속 시끄러웠다. 진식은 사회복무요원 소집해제로 학교를 떠났지만 자동차 보험회사에서 계속 합의를 거부하기 때문이다.

"그 오빠 돈 많던데 좀 봐주지."

"애들이 한 짓은 명백한 범죄야. 돈이 많다고 법을 어긴 일을 무조건 봐줄 수는 없지. 게다가 보험회사가 엮인 일이라 형 마음대로 할 수는 없을 거야."

"참 세상일은 돈이 모든 문제의 시작인 것 같아."

수경은 자기 문제를 떠올리며 한숨 쉬듯 말했다.

소장까지 날아갔지만 사장은 버티고 있었다. 알바로 돈 못 받은 아이들이 댓글이나 인터넷에서 그 식당 불매운동을 해도 요지부동이었다. 대단한 황소 심줄이었다.

"맞아. 돈이 좋긴 좋은데 이럴 땐 정말 돈 때문에 사람들이 다 왜 이러나 싶어."

쉽게 해결되지 않고 있는 수경의 일과 람보르기니 건을 생각하니 재석은 가슴이 답답했다.

해결사들

"저 위에 진관사라는 사찰이 있대. 거기도 구경하고 가자."

카페 사장의 말을 기억하고 수경이 약간 기대감 어린 표정으로 말했다. 이대로 돌아가면 수경의 일자리 놓친 서러움을 무시하는 것이 될 것 같았다.

"그래. 조금만 보고 가자."

재석도 모처럼 이런 곳에 오니 기분이 상쾌했다. 진관사에서 때마침 저녁 예불 드리는지 종소리가 은은하게 울려 퍼졌다. 이 순간이 재석은 어디선가 한 번 있었던 일 같았다.

"아, 지금 이 일 언제 있었던 것 같아."

"나도."

두 아이는 묘하게 데자뷔 현상을 느끼며 한옥마을을 거쳐 진관사 쪽으로 발걸음을 옮겼다.

"와, 마을회관이 정말 웃겨."

한옥으로 만든 마을회관은 일 층을 성벽처럼 디자인한 이 층짜리 건물이었다.

"나 여기서 사진 찍을래."

수경은 마을회관 앞은 물론이고 아름다운 담벼락이나 대문 앞에서 사진을 수없이 찍었다.

그러나 이런 부산함은 극락교를 건너 진관사 경내로 들어가자 다시 가라앉았다. 잘생긴 소나무들이 뒤를 감싸는 경내의 진관사 안내판을 본 재석은 놀라지 않을 수 없었다. 천 년이 넘은 고찰이었기 때문이다. 말로만 듣던 천 년의 세월을 눈앞에서 확인하니 감회가 새로웠다. 인간이 고작 100년을 살기 힘든데 사찰의 생명은 천 년을 가는 거였다.

"이 절은 우리의 역사를 다 알고 있겠어."

재석이 여기저기 안내판을 찍으며 나중에 찬찬히 읽어보려 하는데 수경의 관심은 다른 곳에 있었다.

"재석아, 여기 미국 대통령 부인도 왔었대. 어머, 대박!"

재석은 진관사가 의외로 외국에 잘 알려졌다는 걸 처음 알

왔다. 한국의 음식과 전통문화에 관심을 가진 외국인들이 소리 소문 없이 다녀갔음을 알 수 있었다. 진관사는 한국의 전통 사찰 음식의 본산이라고 안내판에 적혀 있었다.

"이제는 절도 홍보가 중요한가 봐."

홍보 문구 만들어 알바하고 돈을 벌다 보니 그런 식으로 세상을 보게 되는 재석이었다.

"앗, 여기도 카페 있다. 알바 구하는지 물어봐야겠어."

수경이 쌍화탕 냄새 진동하는 카페로 들어간 사이 재석은 마음이 편안해지는 진관사 경내를 두루 둘러보았다.

잠시 후 나온 수경은 실망한 표정이었다.

"여기도 일손은 필요 없대. 그런데 대박이야. 좋은 냄새가 뭔가 했더니 직접 쌍화탕을 가마솥에 끓이셔. 아, 정말 냄새 좋았어."

"그래. 이 절에 언젠가 와본 것 같은 느낌이 드는 건 아마 우리 한국 사람 유전자에 배어 있는 편안함인 것 같아. 이 쌍화탕 먹어보진 않았지만 맛보지 않아도 그 맛이 어떤 건지 느낌이 오잖아."

"맞아. 미국에 살던 어느 교포가 일하다가 된장찌개 냄새를 맡고 무작정 냄새를 쫓아가 보니 한국 사람 집이었대. 그래서 얻어먹었다는 얘기가 있어."

두 아이는 진관사를 돌면서 돈과 입시 공부로 허덕대며 살아야 하는 삶에 힐링을 얻었다.

진관사 구경을 마치고 울재석으로 돌아오는 두 아이는 영혼과 정신의 편안함을 느꼈다. 저녁이 되자 불광천의 다리들은 아주 아름다운 조명으로 장식되어 있었다.

"와, 참 예쁘다!"

"응. 나도 엄마 공방 올 때 몇 번 봤어."

재석과 수경은 밝은 불빛 아래 사람들이 천변을 걷는 걸 보며 발걸음을 옮겼다.

"야, 네가 수경이란 싸가지 없는 계집애냐?"

갑자기 등 뒤에서 험악한 소리가 들렸다. 깜짝 놀란 두 아이가 고개를 돌렸다. 거기에는 껄렁껄렁하게 생긴 양아치 둘이 서 있었다.

"누, 누구세요?"

수경이 놀라며 되물었다.

"누군지는 알 거 없고, 너 이리 좀 와!"

"왜 이래요?"

그중 한 사내가 다짜고짜 수경의 손목을 잡아당겨 무턱대고 끌고 가려 했다. 재석이 나서서 손목 잡은 것을 손날로 쳐서 풀었다.

"넌 또 뭐야?"

"나? 황재석이다. 너희들 그냥 가라. 경찰 부르기 전에."

"어쭈, 이 자식은 대가리에 피도 안 마른 놈이."

"야, 저 놈이 바로 그 놈인가 봐."

사내들이 뭔가 눈짓을 주고받았다.

"너, 그 김 사장하고 식당에서 붙었다는 싸가지 없는 고등학생 놈이지?"

순간 재석은 깨달았다. 이 자들을 식당 사장이 보냈다는 것을. 고작 얼마 되지도 않는 돈을 안 주겠다고 이런 불량배들까지 동원한 게 어이가 없었다.

"수경아, 저리 빠져."

"재석아! 혼자 괜찮겠어?"

재석의 실력을 익히 알고 있는 수경은 한쪽으로 살짝 물러났다. 순간 사내 하나가 번개처럼 주먹을 휘두르며 치고 들어왔다. 재석은 이미 실전 경험이 많았다. 항상 이런 자들은 허를 찌르고 들어온다는 걸 알고 대비하고 있었다. 몸을 살짝 틀어 비켜서면서 사내의 목을 감아 그대로 헤드록을 걸었다. 찰진 재석의 이두박근은 사내의 경동맥을 조이면서 동시에 기도와 식도를 압박했다. 숨이 막힌 사내는 버르적거렸지만 매일 턱걸이 100개씩 하는 재석의 완력에서 헤어나지 못하고 있었다.

"이 자식이!"

이번에는 또 다른 사내가 덤벼들었다. 갑자기 활극이 벌어졌다. 두 팔로 헤드록을 조인 채로 재석은 몸을 날려 달려드는 사내의 얼굴에 킥을 날렸다. 둔탁한 소리가 나며 재석의 발이 사내의 볼에 정통으로 날아가 꽂혔다.

"으윽!"

재석과 두 사내가 한 덩어리가 되어 동시에 천변 도로에서 나뒹굴었다.

"너, 이 자식! 죽었다."

셋은 뒤엉켜 마구 주먹을 날렸다. 그런 놈들에게 붙들리면 절대 수적인 열세를 극복할 수 없었다. 재석은 옆 건물의 벽을 두어 발짝 디디고 올라 돌려차기를 날렸다. 격투기에서 많이 쓰는 수법이었다. 허공 회전으로 원심력을 이용해 타격을 극대화한 킥이었다. 그걸 맞은 양아치 한 놈은 그대로 땅바닥에 널브러졌다. 재석이 멋지게 킥을 날리고 돌아서는 순간이었다. 또 다른 양아치가 갑자기 품에서 쌍절곤을 꺼내 휘두르는 것이었다. 재석은 본능적으로 팔을 올려 갑작스러운 공격을 막아냈다. 전기라도 통하는 듯 충격이 느껴졌다.

"윽!"

느낌만으로도 심각한 부상인 것 같았다. 재석은 몸을 빼서 빨리 피하며 쌍절곤을 휘두른 녀석의 뒤로 가 허리를 끌어안고 백드롭으로 집어 던졌다. 갑작스러운 재석의 공격에 녀석은 잠시 정신을 잃었는지 버르적거렸다. 두 놈이 뻗어 있는 상태에서 재석은 아픈 팔을 부여잡고 외쳤다.

"수경아! 일단 여기서 도망치자!"

"응?"

지나가는 사람들이 모두 쳐다보며 비명을 질렀다.

"아이고, 이게 무슨 일이야?"

"어떡해? 빨리 신고해!"

"어떡해! 어떡해!"

재석이 수경과 불광천 천변을 달려갔다. 그런데 먼저 일어난 한 사내가 쫓아와 재석이 허리를 잡았다.

"이거 안 놔!"

재석은 그대로 몸을 비틀어 사내를 불광천으로 밀쳐버렸다. 사내는 첨벙 소리와 함께 물에 빠져 허우적댔다. 그리고 이어서 쫓아온 사내도 멱살을 잡아 들어 올린 후 호미걸이로 다리를 걸어 냇물에 내동댕이쳤다.

"야! 이 자식아!"

물에 빠진 생쥐 꼴로 사내들이 기어 올라왔다. 재석은 천변에서 길 위로 올라갔다.

　"어서 공방으로 가자."

　두 아이가 울재석으로 뛰어 들어가자 엄마는 깜짝 놀라 물었다.

　"재석아! 무슨 일이야?"

　"빨리 112에 신고해 줘!"

　그때 재석의 가게 문을 열고 봉식이 들어왔다.

　"어? 재석아! 너 왜 그래?"

　"형!"

체불임금

불광천의 혈투가 벌어진 다음 날 오른팔에 반 깁스를 한 재석은 병원에서 퇴원했다.

"실금이 살짝 갔네요. 아직 어려서 잘 붙을 거고요. 그나저나 학생 팔 근육이 대단하네요. 이 근육 없었으면 완전히 골절될 뻔했어요."

의사는 엑스레이 사진을 보며 감탄하는 듯 말했다.

"운동을 많이 하나 봐요?"

"네. 조금요."

재석은 통증을 참으며 대답했다.

"깁스 좀 하고 있으면 곧 붙을 거예요."

재석은 병원에 하루 입원해 잠을 잤다. 그사이에 경찰관이 병원으로 와서 이것저것 물어보고 갔다. 재석은 있는 그대로 이야기했다. 수경의 임금 체불과, 그 식당을 고소하며 압박한 일 등등. 그로 인해 해결사를 보낸 것 같다는 이야기까지.

"정식 수사를 하겠습니다. 인근 CCTV 살펴보면 증거 자료는 다 나올 겁니다."

경찰관은 도망간 용의자의 영상을 통해 수배를 하고 식당 주인도 조사를 하겠다고 전화번호를 받아 갔다. 울재석에 들렀다가 다친 재석을 차에 실어 병원까지 태워온 사람은 봉식이었다. 봉식은 아이돌 걸 그룹 브랜뉴가 해체된 뒤 드디어 새로운 가수의 로드 매니저가 되었다. 그 가수의 이름은 한나. 아직 고등학생이라고 했지만 꽤 실력 있다고 소문난 아이돌 솔로 가수였다. 봉식은 마침 그때 파주 쪽에서 행사를 마친 뒤 스케줄 없는 한나를 집에 내려주고 회사로 들어가던 길이었다.

"봉식 씨 덕을 우리가 많이 보는구나."

퇴원 후 울재석의 작은 강의실 소파에 누워 있는 재석을 보며 엄마는 안도의 한숨을 쉬었다.

"응. 근데 봉식이 형이 그날 왜 우리 가게에 왔대?"

"새로 맡은 가수한테 주려고 목도리 주문하러 왔었대. 한 나라고."

연예인이 엄마가 만든 목도리를 한다니, 재석은 엄마에게 엄지를 올려 보였다.

"그나저나 오른팔을 다쳐서 글씨는 쓸 수 있겠니?"

"손가락은 잘 움직여."

"어서 집에 가서 쉬어."

"여기 좀 있다가 엄마랑 같이 갈래."

재석은 팔이 다치니까 엄마에게 어리광을 부리고만 싶었다.

"호호, 녀석. 그럼 여기서 쉬고 있어. 마침 오늘은 클래스가 없으니까."

재석은 그날 하루 학교를 결석했다. 강의실 소파에 누워 엄마의 간호를 받으니 어린아이로 돌아간 듯 느껴졌다. 엄마는 재석이 좋아하는 작두콩차를 타주었다. 엄마는 이렇게 날씨가 쌀쌀해지면 충주에서 농사짓는 외삼촌이 직접 길러 말려서 보낸 작두콩을 덖어서 차로 만들었다. 구수한 향을 맡으며 차를 한잔 마시자 재석은 온몸이 훈훈해지는 느낌이었다.

그때 울재석 문이 열리더니 장미가 여러 송이 묶인 꽃다발이 들어왔다.

"재석아, 나야."

꽃다발을 들고 온 건 수경이었다. 얼굴엔 미안해하는 마음이 표정으로 드러나고 있었다. 어려울 때 함께한 동지 의식이 두 아이 사이에 생겨났다.

"재석아, 오늘 경찰서에서 연락 왔어."

"뭐라고?"

"범인들을 추적 중인데 어두워서 CCTV 화면이 좋지 않대. 내가 그 식당 사장이 의심된다고 말했어. 어제 분명히 '김 사장'을 언급했잖아."

"그래도 확실한 증거는 아직 없잖아? 그나저나 어떻게 알고 찾아왔을까?"

"아무래도 미행을 했던 모양이야."

"그럼 알겠어. 널 겁을 줘가지고 소송을 철회하게 하려 했던 모양이야."

소문은 정말 빨랐다. 여기저기서 안부 문자가 날아왔다.

재석아, 또 다쳤다면서? 늘 정의를 온몸에 안고 다니는구나.

우리의 어벤져스 재석 홧팅!

이런 문자들이 친구들에게서 날아왔다.

그때 반가운 사람이 찾아왔다. 봉식이었다.

"어머, 봉식 씨. 어제는 고마웠어요. 우리 아들 병원에 데리고 가주고."

"아니에요. 재석이 상태가 어떤가 걱정돼서 와봤어요."

수경이도 일어나 감사의 표시를 했다.

"오빠, 어제는 고마웠어요."

"그래. 넌 안 다쳤지?"

수경이도 어제 같이 병원에 갔었기에 봉식이 낯이 익었다. 봉식은 재석에게 왜 그런 일이 벌어졌나 물었다. 병원에 엄마와 재석, 그리고 수경만 내려주고 회사 스케줄 때문에 급히 가봐야 했기 때문이다.

"수경이가 알바를 했는데요."

재석은 자초지종을 다 이야기했다. 커피 마시며 봉식은 이야기를 다 들었다.

"그거 얼마 되지도 않는 돈 가지고 사장이라는 작자가 좀 심하구나."

봉식은 고개를 저었다.

"너무 지치고 힘들어서, 그만 포기하고 싶어요."

수경이 풀이 죽어 얘기하자, 재석이 강한 어조로 말했다.

"아냐, 수경아. 이제 와서 포기할 수는 없지."

곁에 있던 봉식이 걱정스러운 얼굴로 재석의 등을 두드리며 혀를 찼다.

"재석아, 너 어사 박문수도 아니고, 온 세상의 비리랑 계속 맞서 싸울 거냐?"

"형! 끝까지 싸울 수밖에 없어요. 지금 경찰이 수사 중이니까 누가 보낸 사람들인지 알 수 있겠죠. 엄마 걱정시킨 게 좀 미안할 뿐이에요."

듣고만 있던 엄마가 한마디 했다.

"재석아, 네가 일부러 싸우러 간 거 아니고 어려운 친구 돕다가 그런 거잖니."

곁에서 듣던 어려운 친구 수경이는 미안해 어쩔 줄 몰랐다.

그때 런던제과 빵 봉투를 들고 아이들 몇 명이 들어왔다.

"너희들은?"

녀석들은 진식의 람보르기니를 망가뜨린 철부지들이었다.

"재석이 형, 괜찮아요?"

"너희들, 웬일이야?"

녀석들은 빵을 내려놓고 어렵게 말을 꺼냈다.

"형, 염치없지만 우리 좀 도와줄 수 없을까요?"

"뭐?"

"형이 수경이라는 누나 도와주고 있다는 얘기 들었어요. 남의 어려움 외면하지 않잖아요."

"얘가 수경이야."

재석의 말에 아이들은 모두 놀랐다. 소문으로만 듣던 일라이자의 짱 수경이를 눈앞에서 보았기 때문이다. 약간 찔끔한 표정이었다. 잘못 퍼진 소문 가운데 하나는 수경이가 2미터 거리를 날아가 돌려차기로 남자아이들을 기절시켰다는 것이었다. 그런데 실물로 본 수경이는 평범한 여고생이었다. 그래도 아이들은 수경을 힐끔거리며 꺼내려던 말을 하지 못하고 머뭇거렸다.

"괜찮아. 편하게 얘기해."

"사실, 자동차 보험회사와 합의가 안 돼서 지금 좀 곤란한 상황이에요. 그런데 형이 진식이 형하고 친하다고 애들이 그러더라고요. 매장에도 찾아가고 한다고."

"응. 알바에 대해서 조언 좀 구하려고 갔더랬어."

"진식이 형에게 우리 좀 봐달라고 해주면 안 될까요?"

봉식이 곁에서 보다 물었다.

"얘들은 뭐냐?"

"형, 애들이 우리 학교 사회복무요원 형이 타고 온 람보르기니 망가뜨린 녀석이에요. 뉴스에도 나왔는데."

"아, 이 녀석들이 바로 그 철부지들이냐? 그 뉴스 보고 얼마나 어이없어했는데. 어이구, 이 한심한 녀석들."

"……."

무슨 말을 해도 녀석들은 면목이 없었다. 그러나 재석에게 부탁하러 온 거니 할 말은 해야 했다.

봉식이 다시 물었다.

"너희들 왜 그랬냐?"

"그 형이 우리를 야단쳐 가지고 열받아서요."

"왜 야단쳤어?"

"저번에 그 형이 타고 왔던 벤츠 긁었다고……."

"차는 왜 긁었어?"

"나도 잘 모르겠어요. 왠지 배가 아픈 것도 같고, 골탕도 먹이고 싶고 그랬어요."

그러자 한 녀석이 나섰다.

"그건 아니고 아무 생각 없이 했어요. 왜 그랬는지 몰라요."

솔직한 대답이었다. 눈물을 뚝뚝 흘리는 걸 보니 진짜 그동안 마음고생이 심했던 것 같았다.

"녀석들! 아무리 질풍노도의 시기라지만, 어떻게 그럴 수가 있냐? 진식이 형은 너희를 제대로 야단치지 않아서 그랬다던데."

"맞아요. 벤츠 긁었을 때 봐주지 않았다면 이런 일이 안 벌어졌을지도 몰라요."

커피를 다 마신 봉식이 일어나려 했다.

"그나저나 사회복무요원이었던 젊은 사람이 어떻게 그렇게 돈이 많아?"

"형, 이게 바로 그 람보르기니예요. 그 형 어릴 때부터 돈 많이 벌었대요."

재석이 마구 흠집난 차 사진을 스마트폰으로 보여주었다.

"어디 보자. 어이구! 이거 크게 사고 쳤구나."

봉식은 이 사진, 저 사진 넘겨보더니 갑자기 표정이 굳었다.

"어, 이게 그 사회복무요원이냐?"

"네."

"어, 최 부장인데?"

"네?"

"내가 매니저 일 하기 전, 의류 매장 관리할 때 내 밑에서 일하던 애야."

재석이 고개를 끄덕였다. 기억이 났기 때문이다.

"맞아요. 그 형 이름이 최진식이었어요."

"좀 뚱뚱하지?"

"네. 많이요."

"가게에서 알바하던 녀석 맞아. 뚱뚱해 가지고 내가 살 빼라고 맨날 그랬었거든."

재석은 신기했다. 당장 폰으로 문자를 보냈다.

> 진식이 형, 혹시 예전에 명천동에서 알바한 적 있어요?
> 봉식이 형이라고 알아요?
> 해병대 갔다 온.

곧바로 문자가 떴다.

> 그 형 알지.
> 지금은 가수 매니저 한다고 들었는데…….
> 네가 어떻게 알아?

진식의 과거

가게로 찾아간 재석을 보자 진식은 반가워했다.

"형, 저 왔어요."

"재석이 너 깁스했어? 많이 다쳤어?"

"심하지 않아요. 실금이 조금 갔대요."

그때 봉식이 나섰다. 진식이 오랜만이라 자신을 알아보지 못하는 것 같아서였다.

"야, 최 부장! 오랜만이야. 매장이 엄청난데?"

"누, 누구? 혹시 봉식이 점장님?"

"그래. 내 얼굴 기억하는구나."

"엇! 형님! 어서 오십시오."

허리를 90도로 확 굽히며 진식이 인사를 했다.

"야, 부끄럽게 왜 그러냐?"

"아, 형님, 정말 반가워요. 아니 이게 몇 년 만이에요?"

"글쎄…… 한 10년 다 되어가지?"

"형님은 어떻게 재석이랑 아세요?"

"재석이도 우리 동네에 같이 살았어."

"세상이 이렇게 좁군요. 정말 반갑습니다, 형님."

진식은 오랜만에 만난 봉식과 인사를 나누다 깁스를 한 재석의 팔을 보면서 물었다.

"그런데 너 팔은 왜 다쳤냐?"

재석이 자초지종을 이야기했다. 강남 식당 사장이 보낸 사내들과 치고받고 싸운 이야기였다.

"자식, 정의의 사도가 됐구나."

잠시 후 람보르기니 긁었던 녀석들 넷이 주춤주춤 양복 가게로 들어왔다. 봉식이 다 불러 매장 밖에서 기다리고 있었던 것이다.

"아니, 이 녀석들은?"

진식의 얼굴이 굳어졌다.

"너희들은……."

"실은 내가 데리고 왔어."

"형님이 왜요?"

"옛날 생각이 나서."

"무슨?"

"최 부장이 나랑 같이 일할 때 사고 친 거 기억 안 나냐?"

그러자 진식의 얼굴이 붉어졌다.

"형님, 애들 앞에서 왜 그러세요?"

"애들 철부지 동생 같은 녀석들이잖아. 부모님이 성의를 보여주고 있는데 합의해 줘. 부족한 금액은 봐주고. 돈도 많이 벌었구먼. 착한 일 한 번 해."

진식은 갈등하는 빛이 역력했다. 이를 본 봉식이 눈짓을 보냈다. 순간 재석이 네 녀석 어깨를 찍어 누르며 말했다.

"야, 너희들 뭐해?"

네 녀석은 일제히 쿵 하며 바닥에 무릎을 꿇었다. 그 소리가 지진이라도 나는 것 같았다.

"형! 잘못했어요."

"용서해 주세요."

"정말 다신 안 그럴게요."

진식은 봉식을 보다, 엎드리다시피 해서 비는 아이들도 살피다 하며 어쩔 줄 몰라 했다.

봉식은 대학 다닐 때 옷 가게에서 알바를 했더랬다. 제법 큰 가게에서 일하던 그는 이미 일 잘하는 걸로 소문이 나서 사장이 아예 가게 하나를 맡기고 새 가게를 오픈했었다. 그때 일손이 부족해 젊은 아르바이트생을 면접 봐서 뽑았다. 그게 고교생 진식이었다.

"너는 학생이 알바 그렇게 많이 하겠다는 이유가 뭐야?"

"매니저님, 저는 나중에 제 가게 차리고 싶어요."

"가게 차려서는?"

"돈 많이 벌 겁니다."

"돈 벌면?"

봉식의 질문에 잠시 망설이던 진식은 힘주어 말했다.

"저처럼 어려운 사람도 도와주고, 자선사업 하고 싶어요."

봉식은 그 말이 기특했다. 어린 학생이 자선사업이라는 말을 입 밖에 낸 것이 다른 지원자들과 달리 신선했기에 진식을 망설임 없이 채용했다.

하지만 열심히 일 잘하던 진식은 크게 사고를 한 번 쳤다. 손님들 거북해하기에 근무 중에 담배는 피우지 말라는 지시를 어기고 밖에 나가 몰래 담배 피우다 봉식에게 걸린 거다.

"너, 방금 담배 피웠지?"

뒤따라 나온 봉식이 채근하며 물었다.

"아, 아뇨!"

"방금 연기 나던데?"

가게 옆의 작은 건물과 건물 사이의 틈에 숨어서 담배를 피우던 진식은 시치미를 떼고 나왔다. 그 자리를 봉식이 살폈지만 담배꽁초 하나 없었다. 에어컨 실외기만 뜨거운 열기를 뿜어내는 중이었다.

"주의해라!"

"에이 형, 아니라니까요. 증거도 없는데 너무하시는 거 아닙니까?"

진식은 큰소리를 뻥뻥 쳤다. 봉식은 심증은 갔으나 물증이 없어서 더 이상 뭐라 할 수 없었다. 그러나 사고는 그 뒤에 일어났다. 몇 분 뒤 에어컨이 멈춰 서며 밖의 실외기에서 검은 연기가 쿨럭쿨럭 뿜어져 나왔다.

"불이야!"

지나가던 행인들이 알려줬다. 점원과 손님들이 가게에서 황급히 빠져나올 때 봉식은 침착하게 소화기를 들고 나가 실외기의 화재를 진화했다. 진식이 미처 끄지 않고 숨긴 담배꽁초가 실외기 안의 먼지에 불을 낸 거였다. 그로 인해 가게는 에어컨을 수리하는 사흘 동안 선풍기를 틀며 영업했고 손해가 막심했더랬다. 하지만 본점 사장에게 말하지 않고 봉식

이 덮어주었다. 망가진 실외기는 중고로 교체했고 그 비용은
모두 점장인 봉식이 개인 돈으로 부담했다. 고교생 진식에게
물릴 수 없었기 때문이다. 그걸 기억하고 있는 진식은 어쩔
줄 몰랐던 거다.

"그 대신 내가 조건 하나 제시할게."

"그게 뭡니까?"

"곧 파주에서 축제가 있거든. 그 행사가 다다음 주인데, 내
가 그거 마치고 올 때 최 부장, 아니 최 사장 가게에 들를게."

"네? 왜요?"

"그날 이 앞에 무대 하나 만들어."

"무대를 왜요?"

"한나를 무대에 올려줄게."

그 말에 정작 놀란 건 재석과 사고 친 녀석들이었다. 지금
자신들이 왜 여기 와 있는지도 잊은 채 물었다.

"형, 정말요? 그 핫하다는 한나를요?"

"응. 내가 스케줄에 넣으면 돼. 사장님에게 말하고."

그 말을 들은 진식은 역시 사업가였다. 눈동자가 팽팽 돌아
갔다. 아마 무대 차리는 비용과 홍보비용은 어느 정도 들겠
지만 그로 인한 효과는 어마어마할 거라는 생각으로 이미 계
산이 끝난 듯했다.

"형님, 그렇게만 해주신다면 당연히. 그런데 저 출연료는 많이 못 드려요."

"야, 무료야. 출연료 없어."

"저, 정말요?"

진식의 눈이 휘둥그레졌다.

"그래. 이제 애네들 도와줄 거지?"

"당연하죠. 제가 이 문제는 알아서 해결할게요."

진식은 완전히 하늘을 날아갈 듯한 표정이었다. 꿇어앉았던 네 녀석도 어안이 벙벙했다. 일이 이렇게 쉽게 풀릴 줄은 꿈에도 몰랐기 때문에 이게 무슨 일인가 싶었다.

봉식은 돌아서더니 무릎 꿇은 네 녀석을 보고 훈화를 시작했다.

"너희들을 그냥 용서해 줄 순 없다."

"네?"

또 뭐가 있나 싶어 아이들의 얼굴이 어두워졌다.

"앞으로 당분간은 매일 저녁에 여기 매장에 와서 심부름, 궂은일이라도 해."

"네! 할게요. 얼마든지 할게요."

"청소하고, 잔심부름도 하고. 그걸로 합의금에는 어림도 없지만 모자라는 걸 그걸로 채우는 거야. 알았어?"

"네, 감사합니다. 엉엉!"

네 녀석은 눈물 질질 짜면서 몇 번이고 허리를 굽신거렸다. 그동안 마음고생이 무척 심했던 거다.

"그럼, 이제 가봐."

녀석들은 해방이 되었는데도 머뭇거리며 가게를 빨리 나가지 않았다.

"왜 안 가?"

재석이 아이들을 등 떠밀며 물었다.

"저, 그날 행사 저희도 와서 봐도 돼요?

한 녀석이 용기를 내서 물었다.

"나 참 이 녀석! 아이돌은 보고 싶어서."

봉식이 웃으며 흔쾌히 대답했다.

"너희들이 그날 한나 보디가드 겸 주변 정리랑 안내 역할을 해야 해."

"저, 정말요?"

"그래."

"감사합니다. 감사합니다."

"사인도 받을 수 있죠?"

"셀카도요?"

어처구니없는 소리 하던 녀석들은 봉식이 고개를 끄덕이자

매장 밖에 나가서 환호성을 지르고 허공에 훅을 날리며 난리
였다.

민성의 야망

재석은 아이들 사이에서 또다시 영웅이 되었다. 람보르기니 문제를 단칼에 해결했기 때문이다.

"재석이 수고했다."

김태호 선생이 어깨를 두드려주었다. 학교 선생님마다 재석을 칭찬했다. 부라퀴에게서도 문자가 왔다.

> 재석이 너는 이제 스스로 문제를 잘 해결하는구나.
> 내 멘티로서 자랑스럽다.

그 어떤 칭찬보다 부라퀴의 격려가 마음에 드는 재석이었다. 그때 민성이 자기는 뜻대로 뭐가 안 된다는 듯 말했다.

"야, 나 이 건 제보했어."

"어디다가?"

"김 기자님에게."

"뭐라고?"

"람보르기니 사건 합의가 되었다고."

"그러니까?"

"좀 실망이야."

민성은 이 사실이 보도되길 바라고 기자에게 문자까지 보냈지만 그런 문제에 방송국은 관심이 별로 없었다.

> 아름답게 해결되었으니 다행이야.
> 계속 좋은 건 있으면 제보해 줘.

울재석에 글 쓰러 와 있던 보담은 민성이 받은 문자를 보더니 결론을 내렸다.

"언론은 문제만 좋아하지, 해결은 별로 관심 없어."

"정말 그런가 봐."

"오보가 나도 시끄럽게 떠들다가 나중에 정정 기사는 코딱지만 하게 나와."

비록 기자는 별 관심을 보이지 않았지만, 그래도 재석은 행복했다. 자신이 약간의 선한 영향력을 세상에 끼친 것 같았기 때문이다.

지난 토요일 한나의 공연은 아주 성공적으로 끝이 났다. 진식의 매장 앞에 사람들이 수백 명 모여서 경찰이 출동해 통제할 정도였다. 한나의 미모는 상상을 초월했다. 최고로 꾸민 탓도 있겠지만 예쁜 외모에 세련된 태도, 무엇보다 탁월한 가창력은 도저히 재석의 동갑내기로 보이지 않았다. 구경하던 보담이 샘을 낼 정도였다.

람보르기니를 긁은 녀석들은 하루 종일 진식의 가게에서 열심히 행사 준비를 도왔고, 무대가 끝나자 뒤로 가서 한나의 사인도 받고 셀카도 찍었다. 모두 매니저인 봉식의 덕분이었다. 진식은 그날 매출과 홍보 효과로 람보르기니 합의금을 다 벌충했을 정도다.

"아, 정말 수고했어. 너희들 모두 내가 쏜다."

진식은 흥분하여 그날 저녁 아이들 모두에게 돼지갈비를 사주었다. 재석이와 친구들, 수경이와 람보르기니 파까지 열 명 가까운 아이들이 50인분을 먹으며 포식을 했다. 그 이야기는 두고두고 아이들의 입에서 입으로 전달되었다.

이제 남은 문제는 수경이 체불임금 하나였다. 모두 울재석에 모였고, 학교가 먼 수경은 아직 도착 전이다.
"오늘은 무슨 일이야?"
"민성이가 소집한 거야."
민성은 노트북을 꺼냈다. 그러더니 장난기 심한 평소 모습과 어울리지 않게 비장한 어조로 말했다.
"이제 마지막 카드 하나 남았어."
"뭔데?"
"수경이 문제 해결해야지. 그래서 지금까지 찍은 거 다 편집해 봤어. 오늘 시연하려고. 너희들 의견 보고 유튜브에 올릴 거야."
수경의 건은 소액청구도 들어갔고, 경찰이 수사 중이기도 했다. 하지만 시간이 제법 걸렸다. 아이들은 결과를 기다리는 중이었다. 그 와중에 민성이 이렇게 영상을 만들었다는 거다. 아이들은 긴장했다. 영상을 잘못 올리면 명예훼손에 걸린다는 건 알고 있었기 때문이다.
"이거 잘못 올리면, 역으로 우리가 공격받을 수 있어."
재석이 걱정스러운 듯 민성을 바라보았다.

"알아! 아직은 때가 아닌 거."

그때 울재석의 문이 열렸다. 매달아 둔 작은 벨이 소리를 냈다.

"미안해, 애들아! 나 늦었지?"

수경이 뒤늦게 가게로 들어왔다.

"어서 와. 지금 딱 영상 시작하려고 했어."

의외로 수경은 얼굴 표정이 무척 밝았다.

"뭐 좋은 일 있어?"

"응. 재석아, 먼저 고마워."

수경은 눈에 하트를 담아 재석에게 감사 인사를 보냈다. 보담이 눈치를 보며, 재석은 애써 덤덤하게 물었다.

"내가 뭐?"

"문자 받았어. 이거야."

수경이 자리를 잡고 앉자마자 휴대폰을 꺼내 보였다.

축하드립니다.
저희 구청에서 시행한 민원심사 결과 수경 님이 보내주신 민원이 채택되었습니다.
앞으로 저희 구청에서는 검토 후 제도를 시행하도록 하겠습니다. 감사드리며 시상식은 추후 통지하겠습니다.
구정에 협조해 주셔서 거듭 감사드립니다.

수경이의 플라스틱 제조사 수거 아이디어가 뽑혔던 것
이다.

"와! 대박!"

"수경아, 축하해!"

여자아이들은 손을 잡고 비좁은 가게에서 팔짝팔짝 뛰었
다. 수업 중이던 엄마가 내다볼 정도였다.

"야, 이거 상금은 있는 거야?"

"너 언제 이렇게 멋진 아이디어를 냈어?"

수경은 흥분된 어조로 말했다.

"상금은 모르겠고, 오빠가 너무 좋아했어."

"축하한다."

재석이 흐뭇한 얼굴로 말했다. 함께 가준 일이 이렇게 잘
풀리니 기분 나쁠 리 없었다. 민성은 그새 이 장면도 찍었다.

흥분을 가라앉힌 뒤 아이들은 민성이 찍은 영상과 자막을
보았다. 영상은 수경과 변변의 인터뷰로 시작했다. 그리고
식당에 찾아가서 항의하다 밀려나는 장면까지 적나라하게
잘 찍혀 있었다. 사장 얼굴은 모자이크 처리를 하고 목소리
도 변조해서 누군지 알 수 없도록 했다. 향금의 마지막 내레
이션은 심금을 울렸다.

"청소년기는 세상을 배우는 시기입니다. 세상이 꼭 행복이

가득한 곳이라고만은 저희도 생각하지 않습니다. 하지만 세상이 악으로 가득 찬 곳이라고도 생각하지 않게 어른들이 도와주세요. 언젠가 저희도 어른이 되니까요."

　향금의 멘트를 마지막으로 영상이 끝나자 아이들은 잠시 숙연했다.
　"법원에선 연락 없어?"
　보담이 수경에게 물었다.
　"곧 날짜가 잡힐 것 같아. 대개 소액청구는 피고가 안 나온대. 그냥 궐석재판으로 진행하고, 대부분 원고가 승리한다네."
　"부끄러우니까 안 나오는 거지."
　"그런 부끄러운 짓은 왜 하는 걸까?"
　"그러게 말이야."
　수경이 민성에게 물었다.
　"영상은 바로 인터넷에 올릴 거야?"
　"아냐. 사실은 소송 과정과 끝내 돈 받는 거 다 찍어서 영화제에 출품할까 해."
　"영화제?"
　아이들은 민성의 말에 눈을 번쩍 떴다.

"응."

"청소년 유튜브 영상 공모, 뭐 이런 거야?"

"아니."

민성은 단호하게 고개를 저었다.

"뭐야 그럼?"

"EIDF, 다큐영화제에 출품해 보려고."

아이들은 깜짝 놀랐다. EIDF는 교육방송이 주최하는 것으로, 쟁쟁한 다큐멘터리 감독들이 경쟁하는 국제적인 영화제였기 때문이다.

"그거, 고딩이 나가도 되냐?"

"상관없어. 실력만 있으면 되지 뭐. 고딩인 게 무슨 상관?"

향금이가 귀여워죽겠다는 듯 민성의 뺨을 꼬집었다.

"에이그, 우리 김 감독! 아주 기특해."

"야, 어딜? 남자 뺨을."

"에구, 부끄러우셨어요?"

향금은 살짝 웃으며 또 뺨을 꼬집는 시늉을 했고, 이에 민성이 펄쩍 뛰었다.

"어! 너, 이건 성희롱이야!"

"뭐? 하하하!"

아이들은 한바탕 웃었다.

재석은 민성의 꿈과 목표가 점점 구체적으로 성장하는 걸 보고 마음속에 또 다른 의욕이 고개를 드는 걸 느꼈다. 쓰던 글을 들여다보았다.

꿈의 성장

꿈은 목표인 줄로 다들 안다.
아니다. 꿈은 살아 있고 움직이는 거다.
이건 마치 다람쥐를 잡으러 갔다가 뱀을 잡고, 물고기를 잡으러 갔다가
거북이 알을 채취해 오는 것과 마찬가지다.
꿈은 나를 제자리에서 기다려주지 않는다.
꿈은 움직인다.
꿈을 향해 나도 움직이고 더 성장하고 커나가야 한다.
그렇기에 꿈은 언제나 내 안에 있고 나는 언제나 계속 변해야 한다. 꿈을
이루는 건 나와의 싸움이지 남과의 싸움이 아니다.

민성의 경우를 보면 처음엔 단순히 동영상을 찍는 취미를 가졌을 뿐이다. 그러다가 재석과 보담, 향금의 도움을 받으면서 그 꿈은 유튜버에서 다큐멘터리 영화 감독으로까지 변화하고 있었다. 또 어떻게 더 성장할지 알 수 없었다. 한마디로 민성의 꿈은 성장하는 거였다.

아이들이 글에 몰두할 때였다. 수경의 폰에 문자가 떴다.

강남 식당 사장의 문자였다.

> 오늘 영업 끝나기 전까지 와라.
> 달라는 돈 정확히 줄 테니까.

이 문자를 본 아이들은 모두 환호했다.
"이겼다!"
"만세!"
어른을 상대로 한 싸움에서 다시금 재석과 친구들은 승리
했다.

이 돈을 어디에 쓸까

아이들은 강남역에 내리면서 가슴이 설레었다. 밀린 임금을 주겠다는 사장의 문자를 받자마자 달려오는 길이었다.

"야, 정말 줄까?"

"준다고 그랬으니까 줄 거야."

아이들은 계속 긴가민가하며 오는 길 내내 반신반의로 나름 단단하게 마음의 무장을 하고 왔다. 민성은 벌써 카메라를 꺼내 찍을 준비를 했다.

"클라이맥스에 꼭 찍고 말 거야."

하지만 재석이 고개를 꼬며 분위기를 바꾸는 말을 했다.

"모든 영화나 드라마에는 반전이 있어야 되는데 말이야. 이게 혹시 반전으로 사기 치는 거 아닐까?"

"어머, 나 그럼 싫어."

수경이 그 말을 듣자 다리가 풀려 주저앉으려 했다.

"또 우리를 속이고 꼼수 부리는 거일 수도 있잖아."

보담이 옆에서 재석을 흘기며 말했다.

"재석아, 그런 부정적인 말은 하지 마. 세상에서 하면 안 될 말이 부정적인 말, 남과 비교하는 말, 그리고 지나간 과거 얘기하는 거라잖아. 우리 할아버지가 그러셨어. 수경이는 얼마나 가슴 떨리겠니?"

"그래, 그래. 미안. 혹시나 해서."

그러자 향금이 수경의 등을 쓰다듬으며 재석을 변호했다.

"수경아, 재석이는 해결사들이랑 싸움까지 했잖아. 걱정돼서 한 말이니 너무 신경 쓰지 말고 네가 이해해."

이럴 때 오히려 민성이 이성적인 말을 했다.

"아무래도 소액청구 소송한 게 주효했을 것 같아. 그러니까 더 이상 못 버티고 돈 주고 끝내려는 거지."

하지만 보담은 생각이 달랐다.

"나는 해결사 보낸 것 때문인 것 같아. 경찰 수사가 시작되니까 안 되겠다 싶은 거겠지."

수경은 그런 거에 관심이 별로 없었다.

"나 돈 받으면 오빠에게 일단 50만 원 줄 거야."

"뭐라고? 너 요리학원 다닌다고 했잖아? 남은 돈으로 다닐 수 있어?"

"아직 내 꿈이 요리사인지 확신이 서지 않아서 조금 더 고민을 해보려고. 그리고 남은 돈은 이번 일로 고생한 너희들에게 나눠줄 거야."

"뭐라고?"

아이들은 모두 놀랐다. 그리고 손사래를 치며 저마다 한마디씩 했다.

"무슨 소리야? 그거 얼마나 힘들게 번 돈인데?"

"야야, 말도 안 되는 소리 하지 마."

"그거 피땀으로 번 돈이야."

수경은 아이들이 사양하는 모습을 보며 미소 지었다. 하지만 마음속으로는 함께 걱정하고 해결하려 애를 썼던 네 명의 아이들과 이 돈을 나눔으로써 더 큰 기쁨을 맛보고 싶었다.

어느새 아이들은 식당 입구에 도착했다. 식당은 손님들이 드나들며 영업을 계속하고 있는 중이었다.

"야, 네가 먼저 들어가."

"수경이가 먼저 들어가야 하는 거 아냐?"

서로 머뭇거리자 재석이 앞장섰다.

"따라 들어와."

그냥 문을 열고 들어갔다. 민성은 일단 카메라로 영상을 찍기 시작했다. 만일을 대비한 거였다. 홀 서빙을 하던 아르바이트생이 본능적으로 고개를 돌리며 물었다.

"어서 오세요. 몇 분이세요? 어? 지금 뭐 찍는 거죠?"

"저희는 사장님 만나러 왔어요. 그리고 이 촬영은 하도 말을 바꿔서 증거 남기려는 거예요."

민성이 카메라 화면을 보며 대답했다.

"잠깐 기다리세요."

주방으로 달려가 아르바이트생이 말했다.

"사장님, 여기 학생들이 왔는데요."

그때 계산대 뒤에 앉아 있던 노인이 모습을 드러냈다. 재석은 그 노인을 알아봤다. 사장의 아버지이자 이 건물의 주인이었다. 과거와 달리 풀이 죽은 표정이었다. 애써 외면하는 거였다. 주방에서 사장이 앞치마를 두른 채 홀로 나왔다.

"너희들 박무병 총경님과 어떻게 아냐?"

금시초문이었다.

"모르는데요?"

"그래?"

그는 종이 한 장을 내밀었다.

"여기에 서명해."

각서였다.

각서

본인은 그간의 밀린 임금과 위로금 조로 1,002,800원을 정히 영수함.
이로써 더 이상 이에 얽힌 민사상 형사상의 문제 제기를 하지 않을 것임
을 서약함.

이때 재석이 나섰다.

"사장님, 내 팔에 금 갔거든요. 이건 어떻게 하실 건데요?"

각서를 보고 그냥 넘어갈 수 없다는 생각이 들었다.

"그것까지 포함이야."

"뭐라고요?"

재석은 자기 문제는 별개라고 주장하려 했다. 하지만 그러
면 문제가 또 새끼를 치는 거였다. 수경을 생각하면 이쯤에
서 멈출 수밖에 없었다.

"돈 받을 거야, 안 받을 거야?"

사장의 목소리가 약간 떨리고 있었다.

"줘야 받을 거 아니에요?"

재석도 이 정도 선에서 마무리하기로 결심했다. 그 사이 수경은 각서에 서명을 해서 내밀었다. 사장은 재석에게 그 각서를 내밀었다.

"너도 서명해."

재석도 그 밑에 자신의 이름을 적었다. 그러자 사장이 휴대폰을 꺼냈다.

"계좌번호 불러."

수경은 떨리는 목소리로 계좌번호를 불러주었다. 휴대폰을 조작하자 수경이의 휴대폰에 문자가 떴다. 아이들은 모두 폰을 들여다보았다.

"돈 들어왔어?"

휴대폰에 금액이 찍혔다. 1,002,800원.

"자 이제 됐지? 나가라!"

아이들은 사장에게 등 떠밀려 가게 밖으로 밀려났다.

어이없고 황당하긴 했지만, 그렇게 기분 나쁘지는 않았다. 어쨌든 내용증명을 보내고, 찾아가서 협상을 시도하고, 방송까지 나오게 한 투쟁의 결과였기 때문이다.

"그래도 이렇게 끝이 나니 속이 시원해. 이제 뭐든 할 수 있을 것 같아."

수경이 일라이자 때 보이던 자신감을 내비쳤다. 아이들은 흐뭇하게 수경의 그런 모습을 바라보았다.

"야호!"

"대박!"

아이들은 서로 하이 파이브를 했다. 힘들게 받아낸 돈이었다. 수경이는 울컥한 표정이었다.

"이제 가자!"

재석이 먼저 발길을 돌렸다. 수경이 앞서 나가 뒷걸음질로 걸으며 아이들을 마주 본 채 말했다.

"애들아, 너희들 모두 고마워. 내가 오늘 한턱 쏠게."

"수경아 괜찮아. 피눈물 나게 받은 돈이잖아."

"맞아. 우리 안 먹어도 돼."

그러자 수경이 고개를 강하게 저었다.

"아니야! 아니야! 너희들 수고한 거 내가 다 알아. 도움을 받았으면 은혜를 갚아야지. 돈은 그럴 때 쓰는 거야."

듣고 보니 수경의 정성을 무시하는 것도 도리는 아닌 거 같았다.

"좋아, 그럼 뭐 좀 먹으러 가자. 전에 우리가 동영상 만들어준 식당 어때?"

수경은 잘 알고 있다는 듯 외쳤다.

"야미레스토랑 말이지? 좋아! 거기 가자."

강남에 있는 학원가 레스토랑으로 발걸음을 옮겼다. 가는 길에 재석은 변변에게 전화를 걸었다.

"변호사님도 식사하러 오세요. 수경이 돈 받았어요."

변변도 기뻐하며 말했다.

"돈 잘 받았구나. 너희들끼리 맛있게 먹어라. 나는 바빠서 힘들어."

그럼 이제 부를 사람은 준오였다. 수경은 기쁜 마음으로 오빠에게 전화를 걸었다.

"오빠! 나 돈 받았어. 오빠 일 마치면 식당으로 와. 내가 오빠 50만 원 줄게."

그러나 준오의 반응은 의외로 차가웠다.

"수경아, 오빠 못 가. 그리고 힘들게 친구들이 받아준 돈이잖아. 나 그 돈 못 받아."

"오빠, 그게 무슨 말이야? 나는 오빠한테 주고 싶단 말야."

스피커폰으로 통화를 듣던 아이들은 모두 숙연해졌다.

"수경아, 다른 사람들도 그렇게 힘들게 돈 벌어서 가장 가치가 있다고 생각하는 곳에 쓰는 거야. 그래도 살기가 힘들어. 오빠는 네 돈 한 푼도 받을 생각 없어. 그러니 네가 너를 위해 좋은 곳에 쓰면 좋겠어. 돈 받느라 애썼어. 친구들에게도 고맙다고 꼭 인사하고 은혜 잊지 마. 오빠 일 있어서 가야 해."

준오는 매정하게 전화를 끊었다. 순간 수경은 그 자리에서 무너졌다.

"으흐흐흑! 오빠 너무해. 내 마음도 모르고. 이잉!"

쭈그리고 앉아 서럽게 우는 수경 옆에 보담과 향금이 나란히 앉아 어깨를 끌어안았다. 재석은 서로를 위하는 마음이 이렇게 엇갈릴 수도 있음을 깨달았다.

"수경아, 오빠 말도 맞아. 네가 힘들게 번 건데."

"그럼. 나 같아도 그 돈 못 받지."

아이들은 우는 수경을 한참 다독였다. 그리고 철부지처럼 먹으러 갈 생각에 들떴던 아까까지의 모습이 부끄러웠다.

수경은 이내 마음을 추스르고 일어났다.

"그래. 알았어. 하지만 너희들하고 맛있는 건 먹으러 갈 거야."

그때 재석이 나섰다.

"수경아, 우리는 안 먹어도 돼. 네가 힘들게 번 돈이잖아. 아니, 우리가 축하로 맛있는 거 사줄게."

"맞아. 나 2만 원 있어."

민성이 주머니에서 2만 원을 꺼내 보였다.

"야, 너희들까지 왜 이래? 이러면 나 정말 슬프단 말야. 이히힝!"

수경이 또 눈물을 쏟을 기세였다. 재석은 냉정하게 말했다.

"아냐. 정말 힘들게 번 돈이잖아. 그 돈을 형 말대로 가장 소중한 곳에 써."

"난 너희들이 소중하단 말이야."

"소중한 건 알겠어. 하지만 그 돈은 미래를 위해 더 가치 있는 곳에 쓰자."

"그게 어딘데? 그게 어디냐고!"

수경은 속상해 절규하듯 외쳤다.

재석은 글쓰기 마라톤에서 수경이 노트북 컴퓨터도 없이 손 글씨로 글 쓰던 게 생각났다.

"너 그때 보니까 노트북도 없더라. 이참에 하나 사. 그걸로 글도 쓰고, 공부도 하고, 네 요리 레시피도 정리하고, 인터넷 검색도 하고."

순간 아이들은 모두 얼굴이 환해졌다. 그것이야말로 최고의 선택이기 때문이다.

"맞아. 그게 좋겠다."

"자료 정리하려면 컴퓨터 당연히 필요하지."

아이들이 옆에서 영차영차 분위기를 띄우자 수경이 얼굴이 밝아졌다.

"안 그래도 하나 있었으면 했는데."

그 말을 듣자 민성이 나섰다.

"야, 전에 진식이 형 매장 옆에 전자제품 매장 있었어! 거기로 지금 당장 가자!"

"그래. 가서 형한테 맛있는 거 사달라고 하자."

"좋아! 가자."

급작스럽게 아이들은 야미레스토랑에서 진식의 가게로 방향을 틀었다. 가로수 우거진 길을 걸으며 기분 좋아진 재석은 허공에 주먹을 휘두르며 크게 소리쳤다.

"우리가 누군지 이제 알았겠지? 좋았어, 다 덤벼!"

"하하! 황재석, 정말 못 말리겠다."

정말 어떤 어려움이 와도 이겨낼 수 있을 것만 같았다. 지나가던 행인들이 무슨 일인가 싶어 호기심 어린 눈으로 쳐다보는 모습을 보고 아이들은 크게 웃었다.

경찰서장인 박무병 총경이 부라퀴의 제자였고, 악질적으로 골탕 먹이려던 건물주가 이 사실을 알고 나서 지레 겁먹고 두 손 들었다는 사실은 아이들 누구도 끝까지 알지 못했다.

저는 고정욱 작가님의 신작을 너무나 오랫동안 기다렸었기 때문에 받자마자 읽었어요. 청소년용 책도 작가님의 손을 거치면 초등학생의 마음도 사로잡을 수 있는 고정욱 작가님의 클래스~ 최고 예요!! 저는 고정욱 작가님의 팬이고 작가님의 책을 모으는 취미가 있어요. 감사하게도 먼저 책을 받아 볼 수 있어서 영광이었고, 이 책을 읽고 저는 재석이가 된 기분으로 몰입해서 악질 사장에게 화내면서 읽었습니다. 중·고등학교 언니 오빠들이 이 책을 꼭 읽었으면 좋겠어요. 언니 오빠들은 독서 토론회 같은 모임도 있으니까 이 책을 꼭 이 주제에 대해 이야기를 나눠봤으면 좋겠어요. 그러면 재석이와 친구들이 겪었던 힘든 일도 점점 줄어들 수 있지 않을까요? 이런 일은 없어야 합니다! 〈까칠한 재석이 시리즈〉의 다른 책처럼 이번 책도 역시 재미있었어요. 작가님의 인기 비결은 술술 읽히는 재미 있는 문장 구성인것 같아요! 아주 강력하게 추천합니다. _ 이나경(S초 5학년)

《까칠한 재석이가 소리쳤다》는 〈까칠한 재석이 시리즈〉의 다른 책처럼 청소년이 겪는 여러 가지 문제를 포함하고 있다. 이번 편에서는 청소년이 아르바이트를 할 때 당할 수 있는 문제도 함께 다루는데, 재석이와 민석이, 향금이, 보담이가 함께 일라이자 짱이었던 수경이를 도와 월급을 주지 않는 악덕 사장을 혼내준다. 재석과 친구들이 힘을 합쳐 수경이를 도와주는 모습이 참 멋있다. 아르바이트를 해서 돈을 벌고 싶어 하는 청소년이 많은데, 이 책을 읽으면 무엇을 어떻게 준비하고 대처해야 하는지도 함께 생각할 수 있을 것 같다. 〈까칠한 재석이 시리즈〉는 청소년이라면 누구에게나 한 번쯤 생길 수 있는 위험하고 중요한 문제들을 우리의 시점에서 차근차근 해결해나가는 이야기다. 이번 책뿐 아니라 1권부터 모두 읽어보길 강력하게 추천한다. _박재민(B중 2학년)

과연 돈이란 무엇일까? 우리가 살아가기 위한 수단이었던 돈은 어느새 삶의 목표가 되어버렸다. 우리를 무너뜨리는 것도, 기쁨을 주는 것도 돈의 역할이 되어버린 것이다. 돈에 자신이 가진 모든 것을 걸며 범죄까지 저지르는 어른들의 부도덕한 모습이 청소년을 망가뜨리고 있다. 재석과 수경을 비양심적인 태도로 대하는 레스토랑 사장을 보니, 돈에 대한 교육은 어쩌면 어른들에게도 꼭 필요한 것이라는 생각이 들었다. 재석이와 친구들 덕분에 '돈이야 뭐, 벌면 되지.'라고 생각했던, 돈의 소중함을 잘 몰랐던 나 자신을 되돌아볼 수 있었다. 이 책은 한창 세상을 배워갈 모든 청소년에게 추천하고 싶다. 나의 친구들, 그리고 많은 청소년이 이 책을 통해 돈의 진정한 의미를 깨닫고 돈을 가치 있는 곳에 쓰게 되는 사람이 되기를 바란다. _ 진수예(G중 1학년)

우리가 살아가는 사회에서 돈을 버는 과정에서의 경험이 이야기 속 진식이와 준오처럼 더 큰 사람으로 성장하고 미래에 더 넓은 곳으로 나아갈 수 있는 밑바탕이 된다는 것을 느낄 수 있었습니다.

또한 '돈'보다 서로의 관계 속에서 진심을 다하고 자신의 꿈을 통해 친구의 어려움을 해결하려 애쓰는 재석이, 민성이, 향금이, 보담이와 그런 아이들을 믿고 힘이 되어주는 변변과 부라퀴, 재석 엄마를 통해 우리 삶의 관계 하나하나가 아주 큰 힘을 발휘한다는 사실도 깨달았습니다. 감동과 재미가 가득한 일상의 이야기도 함께 들려주고 있어 책장 넘기는 것을 멈추지 못하고 흥미롭게 읽었습니다. _ 홍정민(H여고 1학년)

책을 펼 때부터 재미에 대한 걱정은 전혀 하지 않았다. 역시 고정욱 작가님은 이번에도 날 놀라게 만드셨고, 책 읽는 시간을 재미있게 만들어주셨다. 이번 편에서는 한때 폭력을 휘두르던 수경이 다시 등장해 사회에게 폭력을 당하는 힘없는 고등학생의 입장이 되는 반전이 있었고, 청소년에게 노동의 대가를 지불하지 않는 문제와 함께 재활용을 제대로 하지 않아 발생하는 비용과 자연이 파괴되어가는 문제점도 함께 나온다. 나는 책을 다 읽고 난 다음 진식이 한 말 중에서 "더 많이 벌어야지 생각한다면 그건 부자가 아니다."와 "50명의 부자에게 지금까지 모은 돈을 어떻게 할 거냐고 물으니 50명 모두가 더 벌어야지 라고 말했다."가 특히 기억에 남는다. '부자'의 의미에 대해 다시 한번 돌이켜보는 계기가 되었기 때문이다. 더불어 '과연 내가 어른이 되어 청소년 알바생을 쓴다면 난 약속을 잘 지킬 수 있을까?'라는 생각과 '나는 지금 재활용을 잘하고 지구를 아끼고 있는 걸까? 아니면 말만 하면서 행동으로는 지구를 때리고 있는 건 아닐까?', '내가 만약 진식이처럼 부자가 된다면 기부한다는 생각을 할 수 있을까?' 같은 질문도 스스로에게 던져보았다. 시리즈의 다른 책처럼 역시 이 책을 읽으며 책장을 넘기는 속도는 시계바늘보다 빨랐다. 고정욱 작가님 책의 서평단이 되어서 정말 행복했다. 평생 잊지 못할 것 같다. _ 임지우(초 6학년)

늘 궁금했다. 많은 어른이 원하는 '청소년'만의 독특한 세계와 고민은 정확히 뭘 말하는 것일까? 미래에 뭘 해야 할지 막막하다거나, 공부가 힘들다거나, 친구 관계 등은 어른들조차 제대로 해결할 수 없는 문제인데도 언제나 어른들은 '청소년'의 입장에서 문제를 해결하고 보완하라고 말한다. 하지만 재석이는 언제나 정답 자체가 아니라 정답을 찾기 위한 방법을 알려준다. 이번 편에서는 특히 내가 살고 있는 '은평구'가 배경이기 때문에 더욱 친근했다. 재석이가 마치 내 친구로 우리 동네에서 살아 움직이는 것 같았기 때문이다. _ 이서정(S여고 3학년)

〈까칠한 재석이 시리즈〉의 다른 책도 읽어본 나는 재석이는 개과천선의 표본이라고 생각한다. 청소년이 성장하는 내용을 다룬 소설은 많이 읽어봤지만, 우리가 주변에서 실제로 맞닥뜨리고 공감할 수 있는 내용으로 이루어진 책은 드물었다. 생각해보면 내 주변의 문제와 재석이의 주변은 많이도 닮아 있다. '재석과 친구들'은 청소년을 주인공으로 삼기 위해 어른들이 상상으로 만들어낸 단순한 허구의 인물이 아니다. 학교 안과 밖에서 언제나 존재하는 우리 곁의 누군가다. _ 이지우(D고 2학년)

마노(이혜영)
유엔 캐릭터(UNFPA)를 개발했고 순정만화 작가, 스토리 작가,
일러스트레이터로 다양하게 활동하고 있습니다.

까칠한 재석이가 소리쳤다

초판 1쇄 발행 2021년 9월 3일
개정판 1쇄 발행 2023년 4월 3일
개정판 2쇄 발행 2024년 4월 26일

지은이 고정욱
그림 마노(이혜영)
펴낸이 이범상
펴낸곳 (주)비전비엔피 · 애플북스

기획 편집 차재호 김승희 김혜경 한윤지 박성아 신은정
디자인 김혜림 최원영 이민선
마케팅 이성호 이병준 문세희
전자책 김성화 김희정 안상희 김낙기
관리 이다정

주소 우)04034 서울시 마포구 잔다리로7길 12 (서교동)
전화 02)338-2411 ㅣ **팩스** 02)338-2413
홈페이지 www.visionbp.co.kr
인스타그램 www.instagram.com/visionbnp
포스트 post.naver.com/visioncorea
이메일 visioncorea@naver.com
원고투고 editor@visionbp.co.kr

등록번호 제313-2007-000012호

ISBN 979-11-92641-10-2 04810
      979-11-90147-92-7 (세트)